中国文学名家精品

Xudishan Xiaoshuo Jingpin

许地山小说精品

许地山 著　郭艳红 主编

北方妇女儿童出版社

图书在版编目(CIP)数据

许地山小说精品/许地山著；郭艳红主编.—长
春：北方妇女儿童出版社，2015.1（2021.3 重印）
（中国文学名家精品）
ISBN 978-7-5385-8223-9

Ⅰ．①许… Ⅱ．①许… ②郭… Ⅲ．①短篇小说—小
说集—中国—现代 Ⅳ．①I246.7

中国版本图书馆CIP数据核字（2015）第007607号

许地山小说精品
XU DI SHAN XIAO SHUO JING PIN

出 版 人	刘　刚	
责任编辑	王天明	
开　　本	700mm×980mm　1/16	
印　　张	9	
字　　数	148 千字	
版　　次	2015 年 5 月第 1 版	
印　　次	2021 年 3 月第 3 次印刷	
印　　刷	固安县云鼎印刷有限公司	
出　　版	北方妇女儿童出版社	
发　　行	北方妇女儿童出版社	
地　　址	长春市福祉大路 5788 号	
电　　话	总编办：0431-81629600	
定　　价	26.80 元	

前　言

习近平总书记在文艺座谈会上指出，繁荣文艺创作、推动文艺创新，必须要有大批德艺双馨的文艺名家。我国作家艺术家应该成为时代风气的先觉者、先行者、先倡者，要通过更多有筋骨、有道德、有温度的文艺作品，书写和记录人民的伟大实践、时代的进步要求，彰显信仰之美、崇高之美。

是的，当历史跨入21世纪的新时代，我们党发出了实现中国梦的伟大号召，掀起了轰轰烈烈的复兴中国文化的运动。这就要求我们站在时代的前沿，薪火相传，一脉相承，弘扬中国有史以来优秀的、光明的、先进的、科学的、文明的文化，融合古今中外一切文化精华，构建具有中国特色的现代民族文化，向世界和未来展示中华民族的文化力量、文化价值与文化风采。

就文学创作而言，就是广大作家要接过近现代中国文学名家传递的笔墨圣火，照亮时代的道路，创造文学的繁荣；广大读者则应吸收近现代中国文学的精神力量，认识过去的时代，投身当代的建设。总之，中国的复兴需要大家添光加彩！

回首上世纪初，中国掀起了伟大的反帝反封建的民族解放运动，广大作家以此为崇高历史使命，把文字作为投枪匕首，走在时代最前列，创作了大量优秀的文学作品，发出了代表时代最强音的呐喊，振聋发聩，唤醒广大人民群众，开创了新文化运动，创造了现代文学。

中国现代文学是指用现代文学语言与文学形式，表达中国现代思想、感情、心理的文学，是在"五四"新文化运动影响下，广泛接受外国文学影响而形成的新兴文学，产生了极大的历史推动作用。

在新文化运动推动下，广大作家汲取中外文学营养，形成了新的文学形态。他们不仅用白话语言表现现代科学民主思想，而且在艺术形式与表现手法上对传统文学进行深入革新，创建了新的文学体裁。在叙述角度、抒情方式、描写手段以及结构组成等方面，都有全新创造，极具现代特色，成为真正现代意义上的文学。

中国现代文学的主流是人民的文学，广大作家深入火热的战斗生活中，极大加强了文学与民众的结合，文学与进步的社会思潮及民族解放、革命运动的自觉联系，这构成了中国现代文学的基本历史特征与传统。此时的文学，以表现普通民众生活、改造国民性格和社会人生为根本任务。

中国现代文学早期的发展，是在广大作家吸取外来文学营养使之民族化并继承民族传统使之现代化的过程中奠定基础的。对于如何正确对待传统文化与西方外来文化的问题，他们打破了抱残守缺的国粹主义思想，进行了彻底革新，曾对西方各个历史时期的文艺思潮、文学流派，包括各种文学形式、表现手法等，进行了全面介绍与广泛吸收，同时对我国传统文学遗产也进行了重新评价。这对促进思想与艺术的解放，促进文学的现代化，起到了重要作用，从而形成了现代文学的繁荣局面，促进了广大民众的觉醒。

接过20世纪中国文学作家的思想圣火，实现新时代民族文化复兴的中国梦，这是广大作家和读者义不容辞的神圣职责。为此，我们从诗歌、散文、小说三大文学体裁着手，特别编辑了这套《中国文学名家精品》，精选了许多文学名家的精品力作，代表了中国20世纪文学的高度，具有极强的权威性、可读性和艺术性。

这些文学名家，都是中国20世纪现代文学的开拓者和各种文学形式的集大成者，他们的作品来源于他们生活的时代，是那个时代社会生活的缩影，包含了作家本人对社会、生活的体验与思考，影响着社会的发展进程，具有永恒的魅力。他们是我们心灵的工程师，能够指导我们的人生发展，对于复兴中国文化具有深远的启迪作用。

作者简介

许地山（1893—1941年）名赞堃，号地山,笔名落华生、落花生。是"五四"时期新文学运动先驱者之一，我国现代著名小说家、散文家、学者，也是我国20世纪20年代问题小说的代表人物之一，在梵文、宗教研究方面亦有硕果。

1895年，许地山随父迁入福建龙溪，13岁进入随宦学堂学习，课外补习经史。1911年，担任漳州福建省立第二师范教员。1913年，担任缅甸仰光侨校教师。1915年底，回国任漳州华英学校教员。1917年，考入燕京大学，攻读文学，曾积极参加"五四运动"。1920年，取得文学学士学位，毕业后入燕京大学宗教学院学习。1922年，毕业并取得神学学士学位，留校任燕京大学助理，兼任平民大学教师。

1921年，许地山与现代著名作家茅盾、叶圣陶、郑振铎等人在北平发起成立文学研究会，创办《小说月报》，并积极参加燕京大学文学研究会活动。1923年，进入美国哥伦比亚大学研究院哲学系，研究印度哲学和宗教比较学。1924年，他进入牛津大学研究院，研究宗教史、印度宗教和哲学、人类学等。

1926年，归国途中经印度，并在逗留期间研究梵文和佛学。当年归国后，任教于燕京大学文学院和宗教学院，先后任助教、副教授、教授，同时兼任平民大学、北京大学、清华大学、师范大学教员。后来他绕道故乡台湾，向亲友介绍祖国大陆的抗日形势，表达他收复台湾、统一祖国的信念。他曾担任当时教育部国语统一筹备委员等职。

1933年，许地山应邀到中山大学讲授人类学。同年冬季，再赴

印度从事研究。一年后回国，仍任教于燕京大学。1935年，他受聘任香港大学中文学院主任教授，兼任香港中英文化协会主席、中华全国文艺界抗敌协会香港协会常务理事等职。1941年8月4日，他因心脏病去世。

许地山是一位在新文学史上具有一定地位和影响且颇受好评的作家。他的早期小说取材独特，想象丰富奇特，情节曲折生动，感情深沉真挚，充满浪漫气息，呈现出浓郁的南国风味和异域情调。他创作的文学作品多以闽、台、粤和东南亚、印度为背景，学术研究主要集中在宗教比较学和宗教史方面，对哲学和文字改革也有深入研究。

许地山的著作有《达衷集》《印度文学》《中国道教史》《扶箕迷信底心理》《国粹与国学》《危巢坠简》《空山灵雨》《道教史》。译著有《二十夜问》《太阳底下降》《孟加拉民间故事》等。主要文学作品有《命命鸟》《缀网劳蛛》《换巢鸾凤》《玉官》等。他后期小说现实主义倾向加重，社会不平和阶级对立成为他小说的基本背景，如《在费总理底客厅里》《春桃》《铁鱼的鳃》等，很具有现实性。

许地山创作的最大艺术特色是鲜明的浪漫主义倾向。他侧重于表现自己的理智，因此好作冷静而富于哲理的议论，并力图用有头有尾的、离奇曲折的故事来证明它，他显然深受印度神话与佛教文学的熏陶。与众不同的人生观，与众不同的浪漫主义，使他成为"五四"新文化中最独特的作家之一。正是这种鲜明的创作个性，使他赢得了众多的读者，在文学史上占据了不可抹煞的一席地位。

许地山 小说精品【目录】

许地山

小说精品

【目录】

第三辑

许地山

小说精品

【第一辑】

命命鸟

　　敏明坐在席上，手里拿着一本《八大人觉经》，流水似地念着。她底席在东边的窗下，早晨底日光射在她脸上，照得她底身体全然变成黄金的颜色。她不理会日光晒着她，却不歇地抬头去瞧壁上底时计，好像等什么人来似的。

　　那所屋子是佛教青年会底法轮学校。地上满铺了日本花席，八九张矮小的几子横在两边的窗下。壁上挂的都是释迦应化的事迹，当中悬着一个卍字徽章和一个时计。一进门就知那是佛教底经堂。

　　敏明那天来得早一点，所以屋里还没有人。她把各样功课念过几遍，瞧壁上底时计正指着六点一刻。她用手挡住眉头，望着窗外低声地说："这还不来上学，莫不是还没有起床？"

　　敏明所等的是一位男同学加陵。他们是七八年的老同学，年纪也是一般大。他们底感情非常的好，就是新来同学也可以瞧得出来。

铿铛……铿铛……"一辆电车循着铁轨从北而来，驶到学校门口停了一会。一个十五六岁的美男子从车上跳下来。他底头上包着一条苹果绿的丝巾；上身穿着一件雪白的短裰；下身围着一条紫色的丝裙；脚下踏着一双芒鞋，俨然是一位缅甸底世家子。这男子走进院里，脚下底芒鞋拖得拍答拍答地响。那声音传到屋里，好像告诉敏明说："加陵来了！"

敏明早已瞧见他，等他走近窗下，就含笑对他说："哼哼，加陵！请你的早安。你来得算早，现在才六点一刻咧。"加陵回答说："你不要讥诮我，我还以为我是第一早的。"他一面说一面把芒鞋脱掉，放在门边，赤着脚走到敏明跟前坐下。

加陵说："昨晚上父亲给我说了好些故事，到十二点才让我去睡，所以早晨起得晚一点。你约我早来，到底有什么事？"敏明说："我要向你辞行。"加陵一听这话，眼睛立刻瞪起来，显出很惊讶的模样，说："什么？你要往那里去？"敏明红着眼眶回答说："我底父亲说我年纪大了，书也念够了；过几天可以跟着他专心当戏子去，不必再像从前念几天唱几天那么劳碌。我现在就要退学，后天将要跟他上普朗去。"加陵说："你愿意跟他去吗？"敏明回答说："我为什么不愿意？我家以演剧为职业是你所知道的。我父亲虽是一个很有名、很能赚钱的俳优，但这几年间他底身体渐渐软弱起来，手足有点不灵活，所以他愿意我和他一块儿排演。我在这事上很有长处，也乐得顺从他底命令。"加陵说："那么，我对于你底意思就没有挽回的余地了。"敏明说："请你不必为这事纳闷。我们底离别必不能长久的。仰光是一所大城，我父亲和我必要常在这里演戏。有时到乡村去，也不过三两个星期就回来。这次到普朗去，也是要在那里耽搁八九天。请你放心……"

加陵听得出神，不提防外边早有五六个孩子进来，有一个顽皮的孩子跑到他们底跟前说："请'玫瑰'和'蜜蜂'的早安。"他又笑着对敏明说："'玫瑰'花里底甘露流出咧。"——他瞧见敏

明脸上有一点泪痕，所以这样说。西边一个孩子接着说："对呀！怪不得'蜜蜂'舍不得离开她。"加陵起身要追那孩子，被敏明拦住。她说："别和他们胡闹。我们还是说我们的罢。"加陵坐下，敏明就接着说："我想你不久也得转入高等学校，盼望你在念书的时候要忘了我，在休息的时候要记念我。"加陵说："我决不会把你忘了。你若是过十天不回来，或者我会到普朗去找你。"敏明说："不必如此。我过几天准能回来。"

说的时候，一位三十多岁的教师由南边的门进来。孩子们都起立向他行礼。教师蹲在席上，回头向加陵说："加陵，昙摩蜱和尚叫你早晨和他出去乞食。现在六点半了，你快去罢。"加陵听了这话，立刻走到门边，把芒鞋放在屋角的架上，随手拿了一把油伞就要出门。教师对他说："九点钟就得回来。"加陵答应一声就去了。

加陵回来，敏明已经不在她底席上。加陵心里很是难过，脸上却不露出什么不安的颜色。他坐在席上，仍然念他底书。晌午的时候，那位教师说："加陵，早晨你走得累了，下午给你半天假。"加陵一面谢过教师，一面检点他底文具，慢慢地走回家去。

加陵回到家里，他父亲婆多瓦底正在屋里嚼槟榔。一见加陵进来，忙把沫红唾出，问道："下午放假么？"加陵说："不是，是先生给我的假。因为早晨我跟昙摩蜱和尚出去乞食，先生说我太累，所以给我半天假。"他父亲说："哦，昙摩蜱在道上曾告诉你什么事情没有？"加陵答道："他告诉我说：我底毕业期间快到了，他愿意我跟他当和尚去。他又说：这意思已经向父亲提过了。父亲啊，他实在向你提过这话么？"婆多瓦底说："不错，他曾向我提过。我也很愿意你跟他去。不知道你怎样打算？"加陵说："我现时有点不愿意。再过十五六年，或者能够从他。我想再入高等学校念书，盼望在其中可以得着一点西洋底学问。"他父亲诧异说："西洋底学问！啊！我底儿，你想差了。西洋底学问不是好，是毒药哟。你若是有了那种学问，你就要藐视佛法了。你试瞧瞧在这里的西洋人，多半是干些杀人的勾当，做些损人利己的买卖，和开些诽谤佛法的学校。什么圣保罗因斯提丢啦、圣约翰海斯苦尔啦，没有一间不是诽谤佛法的。我说你要求西洋底学问会发生危险就在这里。"加陵说："诽谤与否，在乎自己，并不在乎外人底煽惑。若是父亲许我入圣约翰海斯苦尔，我准保能持守得住，不会受他们底诱惑。"婆多瓦底说："我是很爱你的，你要做的事情，若是没有什么妨害，我一定允许你。要记得昨晚上我和你说的话。我一想起当日你叔叔和你底白象主（缅甸王尊号）提婆底事，就不由得我不恨西洋人。我最沉痛的是他们在蛮得勒将白象主掳去；又在瑞大光塔设驻防营。瑞大光塔是我们底圣地，他们竟然叫些行凶的人在那里住，岂不是把我们底戒律打破了吗？……我盼望你不要入他们底学校，还是清清净净去当沙门。一则可以为白象主忏悔；二则可以为你底父母积福；三则为你将来往生极乐的预备。出家能得这几种好处，总比西洋底学问强得多。"加陵说："出家修行，我也很愿意。但无论如何，现在决不能办。不如一面入学，一面跟着昙摩蜱学些经典。"婆多瓦底知道劝不过来，就说："你既是决意要入别的学校，我也无可奈何。我很喜欢你跟昙摩蜱学习经典。你毕业后就转入仰光高等学校罢，那学校对于缅甸底风俗比较保存一点。"加陵说："那么，我明天就去告诉昙摩蜱和法轮学校底教师。"婆多瓦底说："也好。今天的天气很清爽，下午你又没有功课，不如在午饭后一块儿到湖里逛逛。你就叫他们开饭罢。"婆多瓦底说完，就进卧房换衣服去了。

原来加陵住的地方离绿绮湖不远。绿绮湖是仰光第一大、第一好的公园，缅甸人叫他做干多支；"绿绮"的名字是英国人替它起的。湖边满是热带植物。那些树木底颜色、形态，都是很美丽，很奇异。湖西远远望见瑞大光，那塔底金色光衬着湖边的椰树、蒲葵，直像王后站在水边，后面有几个宫女持着羽葆随着她一样。此

外好的景致，随处都是。不论什么人，一到那里，心中的忧郁立刻消灭。加陵那天和父亲到那里去，能得许多愉快是不消说的

　　过了三个月，加陵已经入了仰光高等学校。他在学校里常常思念他最爱的朋友敏明。但敏明自从那天早晨一别，老是没有消息。有一天，加陵回家，一进门仆人就递封信给他。拆开看时，却是敏明底信。加陵才知道敏明早已回来，他等不得见父亲底面，翻身出门，直向敏明家里奔来。

　　敏明底家还是住在高加因路，那地方是加陵所常到的。女仆玛弥见他推门进来，忙上前迎他说："加陵君，许久不见啊！我们姑娘前天才回来的。你来得正好，待我进去告诉她。"她说完这话就速速进里边去，大声嚷道："敏明姑娘，加陵君来找你呢。快下来罢。"加陵在后面慢慢地走，待要踏入厅门，敏明已迎出来。

　　敏明含笑对加陵说："谁教你来的呢？这三个月不见你底信，大概因为功课忙的缘故罢？"加陵说："不错，我已经入了高等学校，每天下午还要到昙摩蜱那里……唉，好朋友，我就是有工夫，也不能写信给你。因为我抓起笔来就没了主意，不晓得要写什么才能叫你觉得我底心常常有你在里头。我想你这几个月没有信给我，也许是我一样地犯了这种毛病。"敏明说："你猜的不错。你许久不到我屋里了，现在请你和我上去坐一会。"敏明把手搭在加陵底肩胛上，一面吩咐玛弥预备槟榔、淡巴菰和些少细点，一面携着加陵上楼。

　　敏明底卧室在楼西。加陵进去，瞧见里面的陈设还是和从前差不多。楼板上铺的是土耳其绒毯。窗上垂着两幅很细致的帷子。她底衾具就放在窗边。外头悬着几盆凤兰。瑞大光底金光远远地从那里射来。靠北是卧榻，离地约一尺高，上面用上等的丝织物盖住。壁上悬着一幅提婆和率裴雅洛观剧的画片。还有好些绣垫散布在地上。加陵拿一个垫子到窗边，刚要坐下，那女仆已经把各样吃的东西捧上来。"你嚼槟榔啵。"敏明说完这话，随手送了一个槟榔到加陵嘴里，然后靠着她底镜台坐下。

加陵嚼过槟榔，就对敏明说："你这次回来，技艺必定很长进；何不把你最得意的艺术演奏起来，我好领教一下。"敏明笑说："哦，你是要瞧我演戏来的。我死也不演给你瞧。"加陵说："有什么妨碍呢？你还怕我笑你不成？快演罢，完了咱们再谈心。"敏明说："这几天我父亲刚刚教我一套雀翎舞，打算在涅槃节期到比古演奏，现在先演给你瞧罢。我先舞一次，等你瞧熟了再奏乐和我。这舞蹈的谱可以借用'达撒罗撒'，歌调借用'恩斯民'。这两支谱，你都会吗？"加陵忙答应说："都会，都会。"

加陵擅于奏巴打位（一种竹制的乐器，详见《大清会典图》），他一听见敏明叫他奏乐，就立刻叫玛弥把那种乐器搬来。等到敏明舞过一次，他就跟着奏起来。

敏明两手拿住两把孔雀翎，舞得非常的娴熟。加陵所奏的巴打拉也还跟得上，舞过一会，加陵就奏起"恩斯民"底曲调；只听敏明唱道：

> 孔雀！孔雀！你不必赞我生得俊美；
> 我也不必嫌你长得丑劣。
> 咱们是同一个身心，
> 同一副手脚。
> 我和你永远同在一个身里住着。
> 我就是你啊，你就是我。
> 别人把咱们底身体分做两个，
> 是他们把自己底指头压在眼上，
> 所以会生出这样的错。
> 你不要像他们这样的眼光。
> 要知道我就是你啊，你就是我。

敏明唱完，又舞了一会。加陵说："我今天才知道你底技艺精到这个地步。你所唱的也是很好。且把这歌曲底故事说给我听。"敏明说："这曲倒没有什么故事，不过是平常的恋歌，你能把里头的意思听出来就够了。"加陵说："那么，你这支曲是为我唱的。我也很愿意对你说：我就是你，你就是我。"

他们二人底感情几年来就渐渐浓厚。这次见面的时候，又受了那么好的感触，所以彼此底心里都承认他们求婚底机会已经成熟。

敏明愿意再帮父亲二三年才嫁，可是她没有向加陵说明。加陵起先以为敏明是一个很信佛法的女子，怕她后来要到尼庵去实行她底独身主义，所以不敢动求婚底念头。现在瞧出她底心志不在那里，他就决意回去要求婆多瓦底底同意，把她娶过来。照缅甸底风俗，子女底婚嫁本没有要求父母同意底必要。加陵得尊重他父亲底意见，所以要履行这种手续。

他们谈了半晌工夫，敏明底父亲宋志从外面进来，抬头瞧见加陵坐在窗边，就说："加陵君，别后平安啊！"加陵忙回答他，转过身来对敏明说："你父亲回来了。"敏明待下去，她父亲已经登楼。他们三人坐过一会，谈了几句客套，加陵就起身告辞。敏明说："你来的时间不短，也该回去了。你且等一等，我把这些舞具收拾清楚，再陪你在街上走几步。"

宋志眼瞧着他们出门，正要到自己屋里歇一歇，恰好玛弥上楼来收拾。宋志就对她说："你把那盘槟榔送到我屋里去罢。"玛弥说："这是他们剩下的，已经残了。我再给你拿些新鲜的来。"

玛弥把槟榔送到宋志屋里，见他躺在席上，好像想什么事情似的。宋志一见玛弥进来，就起身对她说："我瞧他们两人实在好得太厉害。若是敏明跟了他，我必要吃亏。你有什么好方法教他们二人底爱情冷淡没有？"玛弥说："我又不是蛊师，那有好方法离间他们？我想主人你也不必想什么方法，敏明姑娘必不致于嫁他。因为他们一个是属蛇，一个是属鼠的（缅甸底生肖是算日的，礼拜四生的属鼠，礼拜六生的属蛇），就算我们肯将姑娘嫁给他，他底父亲也不愿意。"宋志说："你说的虽然有理，但现在生肖相克的话，好些人都不注重了。倒不如请一位蛊师来，请他在二人身上施一点法术更为得计。"

印度支那有一种人叫做蛊师，专用符咒替人家制造命运。有时叫没有爱情的男女，忽然发生爱情；有时将如胶似漆的夫妻化为仇敌。操这种职业的人以暹罗底僧侣最多，且最受人信仰。缅甸人操这种职业的也不少。宋志因为玛弥底话提醒他，第二天早晨他就出门找蛊师去了。

晌午的时候，宋志和蛊师沙龙回来。他让沙龙进自己底卧房。玛弥一见沙龙进来，木鸡似的站在一边。她想到昨天在无意之中说出蛊师，引起宋志今天的实行，实在对不起她底姑娘。她想到这里，就一直上楼去告诉敏明。

敏明正在屋里念书，听见这消息，急和玛弥下来。蹑步到屏后，倾耳听他们底谈话。只听沙龙说："这事很容易办。你可以将她常用的贴身东西拿一两件来，我在那上头画些符，念些咒，然后给回她用，过几天就见功效。"宋志说："恰好这里有她一条常用的领巾，是她昨天回来的时候忘记带上去的。这东西可用吗？"沙龙说："可以的，但是能够得着……"

敏明听到这里已忍不住，一直走进去向父亲说："阿爸，你何必摆弄我呢？我不是你底女儿吗？我和加陵没有什么意，请你放心。"宋志蓦地里瞧见他女儿进来，简直不知道要用什么话对付她。沙龙也停了半晌才说："姑娘，我们不是谈你底事。请你放心。"敏明斥他说："狡猾的人，你底计我已知道了。你快去办你底事罢。"宋志说："我底儿，你今天疯了吗"你且坐下，我慢慢给你说。"

敏明那里肯依父亲底话，她一味和沙龙吵闹，弄得她父亲和沙龙很没趣。不久，沙龙垂着头走出来；宋志满面怒容蹲在床上吸

烟；敏明也忿忿地上楼去了。

敏明那一晚上没有下来和父亲用饭。她想父亲终久会用蛊术离间他们，不由得心里难过。她躺在床上翻来复去，绣枕早已被她底眼泪湿透了。

第二天早晨，她到镜台梳洗，从镜里瞧见她满面都是鲜红色，——因为绣枕褪色，印在她底脸上——不觉笑起来。她把脸上那些印迹洗掉的时候，玛弥已捧一束鲜花、一杯咖啡上来。敏明把花放在一边，一手倚着窗棂，一手拿住茶杯向窗外出神。

她定神瞧着围绕瑞大光的彩云，不理会那塔底金光向她底眼脸射来，她精神因此就十分疲乏。她心里的感想和目前的光融洽，精神上现出催眠底状态。她自己觉得在瑞大光塔顶站着，听见底下的塔铃叮叮当当地响。她又瞧见上面那些王侯所献的宝石，个个都发出很美丽的光明。她心里喜欢得很，不歇用手去摩弄，无意中把一颗大红宝石摩掉了。她忙要俯身去捡时，那宝石已经掉在地上。她定神瞧着那空儿，要求那宝石掉下的缘故，不觉有一种更美丽的宝光从那里射出来。她心里觉得很奇怪，用手扶着金壁，低下头来要瞧瞧那空儿里头的光景。不提防那壁被她一推，渐渐向后，原来是一扇宝石的门。

那门被敏明推开之后，里面的光直射到她身上。她站在外边，望见一瞧，觉得里头的山水、树木，都是她平生所不曾见过的。她在不知不觉中，已经向前走了几十步。耳边恍惚听见有人对她说："好啊！你回来啦。"敏明回头一看，觉得那人很熟悉，只是一时不能记出他底名字。她听见"回来"这两字，心里很是纳闷，就向那人说："我不住在这里，为何说我回来？你是谁？我好像在那里与你会过似的。这是什么地方？"那人笑说："哈哈！去了这些日子，连自己家乡和平日间往来的朋友也忘了。肉体底障碍真是大哟。"敏明听了这话，简直莫明其妙。又问他说："我是谁？有那么好福气住在这里。我真是在这里住过吗？"那人回答说："你是谁？你自己知道。若是说你不曾住过这里，我就领你到处逛一逛，瞧你认得不认得。"

敏明听见那人要领她到处去逛逛，就忙忙答应。但所见的东西，敏明一点也记不清楚，总觉得样样都是新鲜的。那人瞧见敏明那么迷糊，就对她说："你既然记不清，待我一件一件告诉你。"

敏明和那人走过一座碧玉牌楼。两连接树罗列成行，开着很好看的花。红的、白、紫的、黄的，各色都备。树上有些鸟声，唱得很好听。走路时，有些微风慢慢吹来，吹得各色的花瓣纷纷掉下：有些落在人底身上；有些落在地上；有些还在空中飞来飞去。敏明底头上和肩膀上也被花瓣贴满，遍体熏得很香。那人说："这些花木都是你底老朋友；你常和它们往来。它们底花是长年开放的。"敏明说："这真是好地方，只是我总记不起来。"

走不多远，忽然听见很好的乐音。敏明说："谁在那边奏乐？"那人回答说："那里有人奏乐，这里的声音都是发于自然的。你所听的是前面流水底声音。我们再走几步就可以瞧见。"进前几步果然有些泉水穿林而流。水面浮着奇异的花草，还有好些水鸟在那里游泳。敏明只认得些荷花、斑鸠；其余都不认得。那人很不惮烦，把各样的东西都告诉她。

他们二人走过一道桥，迎面立着一片琉璃墙。敏明说："这墙真好看，是谁在里面住？"那人说："这里头是乔答摩宣讲法要的道场。现时正在演说，好些人物都在那里聆听法音。转过这个墙角就是正门。到的时候，我领你进去听一听。"敏明贪恋外面的风景，不愿意进去。她说："咱们逛会儿才进去罢。"那人说："你只会听粗陋的声音，看简略的颜色和闻污劣的香味。那更好的、更微妙的，你就不理会了。……好，我再和你走走，瞧你了悟不了悟。"

二人走到墙底尽头，还是穿入树林。他们踏着落花一直进前；树上底鸟声，叫得更好听。敏明抬起头来，忽然瞧见南边的树枝上

有一对很美丽的鸟呆立在那里，丝毫的声音也不从他们底嘴里发出。敏明指着问那人说："只只鸟儿都出声吟唱，为什么那对鸟儿不出声音呢"那是什么鸟？"那人说："那是命命鸟。为什么不唱，我可不知道。"

敏明听见"命命鸟"三字，心里似乎有点觉悟。她注神瞧着那鸟，猛然对那人说："那可不是我和我底好朋友加陵么，为何我们都站在那里？"那人说："是不是，你自己觉得。敏明抢前几步，看来还是一对呆鸟。她说："还是一对鸟儿在那里；也许是我底眼花了。"

他们绕了几个弯，当前现出一节小溪把两边的树林隔开。对岸的花草，似乎比这边更新奇。树上底花瓣也是常常掉下来。树下有许多男女：有些躺着的，有些站着的，有些坐着的。各人在那里说说笑笑，都现出很亲密的样子。敏明说："那边的花瓣落得更妙，人也多一点，我们一同过去逛逛罢。"那人说："对岸可不能去。那落的叫做情尘；若是望人身上落得多了就不好。"敏明说："我不怕。你领我过去逛逛罢。"那人见敏明一定要过去，就对她说："你必要过那边去，我可不能陪你了。你可以自己找一道桥过去。"他说完这话就不见了。敏明回头瞧见那人不在，自己循着水边，打算找一道桥过去。但找来找去总找不着，只得站在这边瞧过去。

她瞧见那些花瓣越落越多，那班男女几乎被葬在底下。有一个男子坐在对岸的水边，身上也是满了落花。一个紫衣的女子走到他跟前说："我很爱你，你是我底命。我们是命命鸟。除你以外，我没有爱过别人。"那男子回答说："我对于你底爱情也是如此。我除了你以外不曾爱过别的女人。"紫衣女子听了，向他微笑，就离开他。走不多远，又遇着一位男子站在树下，她又向那男子说："我很爱你，你是我的命。我们是命命鸟，除你以外，我没有爱过别人。"那男子也回答说："我对于你的爱情也是如此。我除了你以外不曾爱过别的女人。"

　　敏明瞧见这个光景，心里因此发生了许多问题，就是：那紫衣女子为什么当面撒谎；和那两位男子底回答为什么不约而同？她回头瞧那坐在水边底男子还在那里。又有一个穿红衣的女子走到他面前，还是对他说紫衣女子所说的话。那男子底回答和从前一样，一个字也不改。敏明再瞧那紫衣女子，还是挨着次序向各个男子说话。她走远了，话语底内容虽然听不见，但她底形容老没有改变。各个男子对她也是显出同样的表情。

　　敏明瞧见各个女子对于各个男子所说的话都是一样；各个男子底回答也是一字不改；心里正在疑惑，忽然来了一阵狂风把对岸底花瓣刮得干干净净，那班男女立刻变成很凶恶的容貌，互相啮食起来。敏明瞧见这个光景，吓得冷汗直流。她忍不住就大声喝道："嗳呀！你们底感情真是反复无常。"

　　敏明手里那杯咖啡被这一喝，全都泻在她底裙上。楼下底玛弥听见楼上底喝声，也赶上来。玛弥瞧见敏明周身冷汗，扑在镜台上头，忙上前把她扶起，问道："姑娘你怎样啦？烫着了没有？"敏明醒来，不便对玛弥细说，胡乱答应几句就打发她下去。

　　敏明细想刚才的异象，抬头再瞧窗外底瑞大光，觉得那塔还是被彩云绕住，越显得十分美丽。她立起来，换过一条绛色的裙子，就坐在她底卧榻上头。她想起在树林里忽然瞧见命命鸟变做她和加陵那回事情，心中好像觉悟他们两个是这边的命命鸟，和对岸自称为命命鸟的不同。她自己笑着说："好在你不在那边。幸亏我不能过去。"

　　她自经过这一场恐慌，精神上遂起了莫大的变化。对于婚姻另有一番见解；对于加陵的态度更是不像从前。加陵一点也觉不出来，只猜她是不舒服。

　　自从敏明回来，加陵没有一天不来找她。近日觉得敏明底精神异常，以为自己没有向她求婚，所以不高兴。加陵觉得他自己有好

些难解决的问题，不能不对敏明说。第一，是他父亲愿意他去当和尚；第二，纵使准他娶妻，敏明底生肖和他不对，顽固的父亲未必承认。现在瞧见敏明这样，不由得不把衷情吐露出来。

　　加陵一天早晨来到敏明家里，瞧见她底态度越发冷静，就安慰她说："好朋友，你不必忧心，日子还长呢。我在咱们底事情上头已经有了打算。父亲若是不肯，咱们最终的办法就是'照例逃走'。你这两天是不是为这事生气呢？"敏明说："这倒不值得生气。不过这几晚睡得迟，精神有一点疲倦罢了。"

　　加陵以为敏明底话是真，就把前日向父亲要求的情形说给她听。他说："好朋友，你瞧我底父亲多么固执。他一意要我去当和尚，我前天向他说些咱们底事，他还要请人来给我说法，你说好笑不好笑？"敏明说："什么法？"加陵说："那天晚上，父亲把昙摩蝉请来。我以为别的事要和他商量，谁知他叫我到跟前教训一顿。你猜他对我讲什么经呢？好些我都忘记了。内中有一段是很有趣、很容易记的。我且念给你听：

　　"佛问摩邓曰：'女爱阿难何似？'女言：'我爱阿难眼；爱阿难鼻；爱阿难口；爱阿难耳；爱阿难声音；爱阿难行步。'佛言：'眼中但有泪；鼻中但有唾；口中但有唾；耳中但有垢；身中但有屎尿，臭气不净。'

　　"昙摩蝉说得天花乱坠，我只是偷笑。因为身体上的污秽，人人都有，那能因着这些小事，就把爱情割断呢？况且这经本来不合对我说：若是对你念，还可以解释得去。"

　　敏明听了加陵末了那句话，忙问道："我是摩邓吗？怎样说对我念就可以解释得去？"加陵知道失言，忙回答说："请你原谅，我说错了。我底意思不是说你是摩邓，是说这本经合于对女人说。"加陵本是要向敏明解嘲，不意反触犯了她。敏明听了那几句经，心里更是明白。他们两人各有各底心事，总没有尽情吐露出来。加陵坐不多会，就告辞回家去了。

涅槃节近啦。敏明底父亲直催她上比古去，加陵知道敏明明日要动身，在那晚上到她家里，为的是要给她送行。但一进门，连人影也没有。转过角门，只见玛弥在她屋里缝衣服。那时候约在八点钟底光景。

加陵问玛弥说："姑娘呢？"玛弥抬头见是加陵，就陪笑说："姑娘说要去找你，你反来找她。她不曾到你家去吗？她出门已有一点钟工夫了。"加陵说："真的么？"玛弥回了一声："我还骗你不成。"低头还是做她底活计。加陵说："那么，我就回去等她。⋯⋯你请。"

加陵知道敏明没有别处可去，她一定不会趁瑞大光底热闹。他回到家里，见敏明没来，就想着她一定和女伴到绿绮湖上乘凉。因为那夜底月亮亮得很，敏明和月亮很有缘；每到月圆的时候，她必招几个朋友到那里谈心。

加陵打定主意，就向绿绮湖去。到的时候，觉得湖里静寂得很。这几天是涅槃节期，各庙里都很热闹；绿绮湖底冷月没人来赏玩，是意中底事。加陵从爱德华第七底造像后面上了山坡，瞧见没人在那里，心里就有几分诧异。因为敏明每次必在那里坐，这回不见她，谅是没有来。

他走得很累，就在凳上坐一会。他在月影朦胧中瞧见地下有一件东西；捡起来看时，却是一条蝉翼纱的领巾。那巾底两端都绣一个吉祥海云的徽识，所以他认得是敏明的。加陵知道敏明还在湖边，把领巾藏在袋里，就抽身去找她。他踏一弯虹桥，转到水边底乐亭，瞧没有人，又折回来。他在山丘上注神一望，瞧见西南边隐隐有个影；忙上前去，见有几分像敏明。加陵蹑步到野蔷薇垣后面，意思是要吓她。他瞧见敏明好像是找什么东西似的，所以静静伏在那里看她要做什么。

敏明找了半天，随在乐亭旁边摘了一枝优钵昙花，走到湖边，向着瑞大光合掌礼拜。加陵见了，暗想她为什么不到瑞大光膜拜

去？于是再蹑足走近湖边底蔷薇垣。那里离敏明礼拜的地方很近。

加陵恐怕再触犯她，所以不敢做声。只听她底祈祷：

女弟子敏明，稽首三世诸佛：我自万动以来，迷失本来智性；因此堕入轮迴，成女人身。现在得蒙大慈，示我三生因果。我今悔悟，誓不再恋天人，致受无量苦楚。愿我今夜得除一切障碍，转生极乐国土。愿勇猛无畏阿弥陀，俯听恳求接引我。南无阿弥陀佛。

加陵听了她这番祈祷，心里很受感动。他没有一点悲痛，竟然从蔷薇垣里跳出来，对着敏明说："好朋友，我听你刚才的祈祷，知道你厌弃这世间，要离开它。我现在也愿意和你同行。"

敏明笑道："你什么时候来的？你要和我同行，莫不你也厌世吗？"加陵说："我不厌世。因为你底原故，我愿意和你同行。我和你分不开。你到那里，我也到那里。"敏明说："不厌世，就不必跟我去。你要记得你父亲愿你做一个转法轮的能手。你现在不必跟我去，以后还有相见的日子。"加陵说："你说不厌世就不必死，这话有些不对。譬如我要到蛮得勒去，不是嫌恶仰光，不过我未到过那城，所以愿意去瞧一瞧。但有些人很厌恶仰光，他巴不得立刻离开才好。现在，你是第二类底人；我是第一类底人。为什么不让我和你同行？"敏明不料加陵会来；更不料他一下就决心要跟从她。现在听他这一番话语，知道他与自己底觉悟虽然不同，但她常感得他们二人是那世界底命命鸟，所以不甚阻止他。到这时，她才把前几天的事告诉加陵。加陵听了，心里非常的喜欢，说："有那么好的地方，为何不早告诉我？我一定离不开你了，我们一块儿去罢。"

那时月光更是明亮。树林里萤火无千无万地闪来闪去，好像那世界底人物来赴他们底喜筵一样。

加陵一手搭在敏明底肩上，一手牵着她。快到水边的时候，加陵回过脸来向敏明底唇边唼了一下。他说："好朋友，你不亲我一下么？"敏明好像不曾听见，还是直地走。

他们走入水里，好像新婚的男女携手入洞房那般自在，毫无一点畏缩。在月光水影之中，还听见加陵说："咱们是生命底旅客，现在要到那个新世界，实在叫我快乐得很。"

现在他们去了！月光还是照着他们所走的路；瑞大光远远送一点鼓乐底声音来；动物园底野兽也都为他们唱很雄壮的欢送歌；惟有那不懂人情的水，不愿意替他们守这旅行底秘密，要找机会把他们底躯壳送回来。

（原载1921《小说月报》12卷 1 号）

商人妇

　　"先生，请用早茶。"这是二等舱底侍者催我起床的声音。我因为昨天上船的时候太过忙碌，身体和精神都十分疲倦，从九点一直睡到早晨七点还没有起床。我一听侍者底招呼，就立刻起来；把早晨应办的事情弄清楚，然后到餐厅去。

　　那时节餐厅里满坐了旅客。个个在那里喝茶，说闲话有些预言欧战谁胜谁负的；有些议论袁世凯该不该做皇帝的；有些猜度新加坡印度兵变乱是不是受了印度革命党鼓动的；那种唧唧咕咕的声音，弄得一个餐厅几乎变成菜市。我不惯听这个，一喝完茶就回到自己底舱里，拿了一本《西青散记》跑到右舷找一个地方坐下，预备和书里底双卿谈心。

　　我把书打开，正要看时，一位印度妇人携着一个七八岁的孩子来到跟前，和我面对面地坐下。这妇人，我前天在极乐寺放生池边曾见过一次；我也瞧着她上船；在船上也是常常遇见她在左右舷乘凉。我一瞧见她，就动了我底好奇心；因为她底装束虽是印度的，然而行动却不像印度妇人。

我把书搁下，偷眼瞧她，等她回眼过来瞧我的时候，我又装做念书。我好几次是这样办，恐怕她疑我有别的意思，此后就低着头，再也不敢把眼光射在她身上。她在那里信口唱些印度歌给小孩听，那孩子也指东指西问她说话。我听她底回答，无意中又把眼睛射在她脸上。她见我抬起头来，就顾不得和孩子周旋，急急地用闽南土话问我说："这位老叔，你也是要到新加坡去么？"她底口腔很像海澄底乡人；所问的也带着乡人底口气。在说话之间，一字一字慢慢地拼出来，好像初学说话的一样。我被她这一问，心里底疑团结得更大，就回答说："我要回厦门去。你曾到过我们那里么？为什么能说我们底话？""呀！我想你瞧我底装束像印度妇女，所以猜疑我不是唐山（华侨叫祖国做唐山）人。我实在告诉你，我家就在鸿渐。"

那孩子瞧见我们用土话对谈，心里奇怪得很，他摇着妇人底膝头，用印度话问道："妈妈，你说的是什么话？他是谁？"也许那孩子从来不曾听过她说这样的话，所以觉得希奇。我巴不得快点知道她底底蕴，就接着问她："这孩子是你养的么？"她先回答了孩子，然后向我叹一口气说："为什么不是呢！这是我在麻德拉斯养的。"

我们越谈越熟，就把从前的畏缩都除掉。自从她知道我底里居、职业以后，她再也不称我做"老叔"，便转口称我做"先生"。她又把麻德拉斯大概的情形说给我听。我因为她底境遇很希奇，就请她详详细细的告诉我。她谈得高兴，也就应许了。那时，我才把书收入口袋里，注神听她诉说自己底历史。

我十六岁就嫁给青礁林荫乔为妻。我底丈夫在角尾开糖铺。他回家的时候虽然少，但我们底感情决不因为这样就生疏。我和他过了三四年的日子，从不曾拌过嘴，或闹过什么意见。有一天，他从

角尾回来，脸上现出忧闷的容貌。一进门就握着我底手说："惜官（闽俗：长辈称下辈或同辈底男女彼此相称，常加'官'字在名字之后），我底生意已经倒闭，以后我就不到角尾去啦。"我听了这话，不由得问他："为什么呢？是买卖不好吗？"他说："不是，不是，是我自己弄坏的。这几天那里赌局，有些朋友招我同玩，我起先赢了许多，但是后来都输得精光，甚至连店里底生财家伙，也输给人了。……我实在后悔，实在对你不住。"我怔了一会，也想不出什么合适的话来安慰他；更不能想出什么话来责备他。

他见我底泪流下来，忙替我擦掉，接着说："哎！你从来不曾在我面前哭过；现在你向我掉泪，简直像熔融的铁珠一滴一滴地滴在我心坎儿上一样。我底难受，实在比你更大。你且不必担忧，我找些资本再做生意就是了。"

当下我们二人面面相觑，在那里静静地坐着。我心里虽有些规劝底话要对他说，但我每将眼光射在他脸上的时候，就觉得他有一种妖魔的能力，不容我说，早就理会了我底意思。我只说："以后可不要再耍钱，要知道赌钱……"

他在家里闲着，差不多有三个月。我所积的钱财倒还够用，所以家计用不着他十分挂虑。他镇日出外借钱做资本，可惜没有人信得过他，以致一文也借不到。他急得无可奈何，就动了过番（闽人说到南洋为过番）的念头。

他要到新加坡去的时候，我为他摒挡一切应用的东西，又拿了一对玉手镯教他到厦门兑来做盘费。他要趁早潮出厦门，所以我们别离的前夕足足说了一夜的话。第二天早晨，我送他上小船，独自一人走回来，心里非常烦闷，就伏在案上，想着到南洋去的男子多半不想家，不知道他会这样不会。正这样想，蓦然一片急步声达到门前，我认得是他，忙起身开了门，问："是漏了什么东西忘记带去么？"他说："不是，我有一句话忘记告诉你：我到那边的时候，无论什么事，总得给你来信。若是五六年后我不能回来，你就

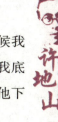

到那边找我去。"我说："好罢。这也值得你回来叮咛,到时候我必知道应当怎样办的。天不早了,你快上船去罢。"他紧握着我底手,长叹了一声,翻身就出去了。我注目直送到榕荫尽处,瞧他下了长堤,才把小门关上。

我与林荫乔别离那一年,正是二十岁。自他离家以后,只来了两封信,一封说他在新加坡丹让巴葛开杂货店,生意很好。一封说他底事情忙,不能回来。我连年望他回来完聚,只是一年一年的盼望都成虚空了。

邻舍底妇人常劝我到南洋找他去。我一想,我们夫妇离别已经十年,过番找他虽是不便,却强过独自一人在家里挨苦。我把所积的钱财检妥,把房子交给乡里底荣家长管理,就到厦门搭船。

我第一次出洋,自然受不惯风浪底颠簸,好容易到了新加坡。那时节,我心里底喜欢,简直在这辈子里头不曾再遇见。我请人带我到丹让巴葛义和诚去。那时我心里底喜欢更不能用言语来形容。我瞧店里底买卖很热闹,我丈夫这十年间的发达,不用我估量,也就罗列在眼前了。

但是店里底伙计都不认识我,故得对他们说明我是谁,和来意。有一位年轻的伙计对我说:"头家(闽人称店主为头家)今天没有出来,我领你到住家去罢。"我才知道我丈夫不在店里住;同时我又猜他定是再娶了,不然,断没有所谓住家的。我在路上就向伙计打听一下,果然不出所料!

人力车转了几个弯,到一所半唐半洋的楼房停住。伙计说:"我先进去通知一声。"他撇我在外头,许久才出来对我说:"头家早晨出去,到现在还没有回来哪。头家娘请你进去里头等他一会儿,也许他快要回来。"他把我两个包袱——那就是我底行李——拿在手里,我随着他进去。

我瞧见屋里底陈设十分华丽。那所谓头家娘的,是一个马来妇人,她出来,只向我略略点了一个头。她底模样,据我看来很不恭

敬，但是南洋底规矩我不懂得，只得陪她一礼。她头上戴的金刚钻和珠子，身上缀的宝石、金、银，衬着那副黑脸孔，越显出丑陋不堪。

她对我说了几句套话，又叫人递一杯咖啡给我，自己在一边吸烟、嚼槟榔，不大和我攀谈。我想是初会生疏的缘故，所以也不敢多问她底话。不一会，嗒嗒的马蹄声从大门直到廊的，我早猜着是我丈夫回来了。我瞧他比十年前胖了许多，肚子也大起来了。他口里含着一枝雪茄，手里扶着一根象牙杖，下了车，踏进门来，把帽子挂在架上。见我坐在一边，正要发问，那马来妇人上前向他唧唧咕咕地说了几句。她底话我虽不懂得，但瞧她底神气像有点不对。

我丈夫回头问我说："惜官，你要来的时候，为什么不预先通知一声？是谁叫你来的？"我以为他见我以后，必定要对我说些温存的话，那里想到反把我诘问起来！当时我把不平的情绪压下，陪笑回答他，说："唉，荫哥，你岂不知道我不会写字么？咱们乡下那位写信的旺师常常给人家写别字，甚至把意思弄错了；因为这样，所以不敢央求他替我写。我又是决意要来找你的，不论迟早总得动身，又何必多费这番工夫呢？你不曾说过五六年后若不回去，我就可以来吗？"我丈夫说："吓！你自己倒会出主意。"他说完，就横横地走进屋里。

我听他所说的话，简直和十年前是两个人。我也不明白其中的缘故：是嫌我年长色衰呢，我觉得比那马来妇人还俊得多；是嫌我德行不好呢，我嫁他那么多年，事事承顺他，从不曾做过越出范围的事。荫哥给我这个闷葫芦，到现在我还猜不透。

他把我安顿在楼下，七八天的工夫不到我屋里，也不和我说话。那马来妇人倒是很殷勤，走来对我说："荫哥这几天因为你底事情很不喜欢。你且宽怀，过几天他就不生气了。晚上有人请咱们去赴席，你且把衣服穿好，我和你一块儿去。"

她这种甘美的语言，叫我把从前猜疑她的心思完全打消。我

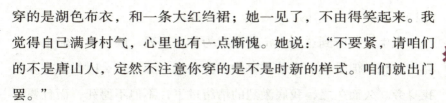

穿的是湖色布衣，和一条大红绉裙；她一见了，不由得笑起来。我觉得自己满身村气，心里也有一点惭愧。她说："不要紧，请咱们的不是唐山人，定然不注意你穿的是不是时新的样式。咱们就出门罢。"

马车走了许久，穿过一丛椰林，才到那主人底门口。进门是一个很大的花园，我一面张望，一面随着她到客厅去。那里果然有很奇怪的筵席摆设着。一班女客都是马来人和印度人。她们在那里叽哩咕噜地说说笑笑，我丈夫底马来妇人也撇下我去和她们谈话。不一会，她和一位妇人出去，我以为她们逛花园去了，所以不大理会。但过了许多的工夫，她们只是不回来，我心急起来，就向在座的女人说："和我来的那位妇人往那里去？"她们虽能会意，然而所回答的话，我一句也懂不得。

我坐在一个垫子上，心头跳动得很厉害。一个仆人拿了一壶水来，向我指着上面的筵席作势。我瞧见别人洗手，知道这是食前的规矩，也就把手洗了。她们让我入席，我也不知道那里是我应当坐的地方，就顺着她们指定给我的坐位坐下。她们祷告以后，才用手向盘里取自己所要的食品。我头一次掏东西吃，一定是很不自然，她们又教我用指头的方法。我在那时，很怀疑我丈夫底马来妇人不在座，所以无心在筵席上张罗。

筵席撤掉以后，一班客人都笑着向我亲了一下吻就散了。当时我也要跟她们出门，但那主妇叫我等一等。我和那主妇在屋里指手画脚做哑谈，正笑得不可开交，一位五十来岁的印度男子从外头进来。那主妇忙起身向他说了几句话，就和他一同坐下。我在一个生地方遇见生面的男子，自然羞缩到了不得。那男子走到我跟前说："喂，你已是我底人啦。我用钱买你。你住这里好。"他说的虽是唐话，但语格和腔调全是不对的。我听他说把我买过来，不由得恸哭起来。那主妇倒是在身边殷勤地安慰我。那时已是入亥时分，他们教我进里边睡，我只是和衣在厅边坐了一宿，那里肯依他们底命

令!

先生，你听到这里必定要疑我为什么不死。唉！我当时也有这样的思想，但是他们守着我好像囚犯一样，无论什么时候都有人在我身旁。久而久之，我底激烈的情绪过了，不但不愿死，而且要留着这条命往前瞧瞧我底命运到底是怎样的。

买我的人是印度麻德拉斯底回教徒阿户耶。他是一个碙礴商，因为在新加坡发了财，要多娶一个姬妾回乡享福。偏是我底命运不好，趁着这机会就变成他底外国骨董。我在新加坡住不上一个月，他就把我带到麻德拉斯去。

阿户耶给我起名叫利亚。他叫我把脚放了，又在我鼻上穿了一个窟窿，带上一只钻石鼻环。他说照他们底风俗，凡是已嫁的女子都是带鼻环，因为那是妇人底记号。他又把很好的"克尔塔"（回妇上衣）、"马拉姆"（胸衣）和"埃撒"（纡）教我穿上。从此以后，我就变成一个回回婆子了。

阿户耶有五个妻子，连我就是六个。那五人之中，我和第三妻的感情最好。其余的我很憎恶她们，因为她们欺负我不会说话；又常常戏弄我。我底小脚在她们当中自然是希罕的，她们虽是不歇地摩挲，我也不怪。最可恨的是她们在阿户耶面前拨弄是非，教我受委屈。

阿噶利马是阿户耶第三妻底名字，就是我被卖时张罗筵席的那个主妇。她很爱我，常劝我用"撒马"来涂眼眶，用指甲花来涂指甲和手心。回教底妇人每日用这两种东西和我们唐人用脂粉一样。她又教我念孟加里文和亚剌伯文。我想起自己因为不能写信的缘故，致使荫哥有所借口，现在才到这样的地步；所以愿意在这举目无亲的时候用功学习些少文字。她虽然没有什么学问，但当我底教师是绰绰有余的。

我从阿噶利马念了一年，居然会写字了！她告诉我他们教里有一本天书，本不轻易给女人看的，但她以后必要拿那本书来教我。

她常对我说："你底命运会那么蹇涩，都是阿拉给你注定的。你不必想家太甚，日后或者有大快乐临以你身上，叫你享受不尽。"这种定命的安慰，在那时节很可以教我底精神活泼一点。

我和阿户耶虽无夫妻底情，却免不了有夫妻底事。哎！我这孩子（她说时把手抚着那孩子底顶上）就是到麻德拉斯的第二年养的。我活了三十多岁才怀孕，那种痛苦为我一生所未经过。幸亏阿噶利马能够体贴我，她常用话安慰我，教我把目前的苦痛忘掉。有一次她瞧我过于难受，就对我说："呀！利亚，你且忍耐着罢。咱们没有无花果树底福分（《可兰经》戴阿丹浩挖被天魔阿扎贼来引诱，吃了阿拉所禁的果子，当时他们二人底天衣都化没了。他们觉得赤身底羞耻，就向乐园里底树借叶子围身。各种树木因为他们犯了阿拉底戒命，都不敢借，惟有无花果树瞧他们二人怪可怜的，就慷慨借些叶子给他们。阿拉嘉许无花果树底行为，就赐它不必经过开花和受蜂蝶搅扰的苦而能结果），所以不能免掉怀孕底苦。你若是感得痛苦的时候，可以默默向阿拉求恩，他可怜你，就赐给你平安。"我在临产的前后期，得着她许多的帮助，到现在还是忘不了她底情意。

自我产后，不上四个月，就有一件失意的事教我心里不舒服；那就是和我底好朋友离别。她虽不是死掉，然而她所去的地方，我至终不能知道。阿噶利马为什么离开我呢？说来话长，多半是我害她的。

我们隔壁有一位十八岁的小寡妇名叫哈那，她四岁就守寡了。她母亲苦待她倒罢了，还要说她前生的罪孽深重，非得叫她辛苦，来生就不能超脱。她所吃所穿的都跟不上别人，常常在后园里偷哭。她家底园子和我们底园子只隔一度竹篱，我一听见她哭，或是听见她在那里，就上前和她谈话，有时安慰她，有时给东西她吃，有时送她些少金钱。

阿噶利马起先瞧见我周济那寡妇，很不以为然。我屡次对她说

明，在唐山不论什么人都可以受人家底周济，从不分什么教门。她受我底感化，后来对于那寡妇也就发出哀怜的同情。

有一天，阿噶利马拿些银子正从篱间递给哈那，可巧被阿户耶瞥见。他不声不张，蹑步到阿噶利马后头，给她一掌，顺口骂说："小母畜，贱生的母猪，你在这里干什么"他回到屋里，气得满身哆嗦，指着阿噶利马说："谁教你把钱给那婆罗门妇人？岂不把你自己玷污了吗？你不但玷污了自己，更是玷污我和清真圣典。'马赛拉'（是阿拉禁止的意思）！快把你底'布卡'（面幕）放下来罢。"

我在里头听得清楚，以为骂过就没事。谁知不一会儿的工夫，阿噶利马珠泪承睫地走进来，对我说："利亚，我们要分离了！"我听这话吓了一跳，忙问道："你说的是什么意思，我听不明白。"她说："你不听见他叫我把'布卡'放下来罢？那就是休我的意思。此刻我就要回娘家去。你不必悲哀，过两天他气平了，总得叫我回来。"那时我一阵心酸，不晓得要用什么话来安慰她，我们抱头哭了一场就分散了。唉！"杀人放火金腰带；修桥整路长大癞"，这两句话实在是人间生活底常例呀！

自从阿噶利马去后，我底凄凉的历书又从"贺春王正月"翻起。那四个女人是与我素无交情的。阿户耶呢，他那副黝黑的脸，猬毛似的胡子，我一见了就憎厌，巴不得他快离开我。我每天的生活就是乳育孩子，此外没有别的事情。我因为阿噶利马底事，吓得连花园也不敢去逛。

这几个月，我底苦生涯快尽了！因为阿户耶借着病回他底乐园去了。我从前听见阿噶利马说过：妇人于丈夫死后一百三十日后就得自由，可以随便改嫁。我本欲等到那规定的日子才出去，无奈她们四个人因为我有孩子，在财产上恐怕给我占便宜，所以多方窘迫我。她们底手段，我也不忍说了。

哈那劝我先逃到她姊姊那里。她教我送一点钱财给她姊夫，就

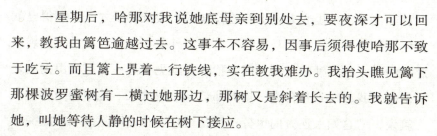

可以得到他们底容留。她姊姊我曾见过，性情也很不错。我一想，逃走也是好的，她们四个人底心肠鬼蜮到极，若是中了她们底暗算，可就不好。哈那底姊夫在亚可特住。我和她约定了，教她找机会通知我。

一星期后，哈那对我说她底母亲到别处去，要夜深才可以回来，教我由篱笆逾越过去。这事本不容易，因事后须得使哈那不致于吃亏。而且篱上界着一行铁线，实在教我难办。我抬头瞧见篱下那棵波罗蜜树有一横过她那边，那树又是斜着长去的。我就告诉她，叫她等待人静的时候在树下接应。

原来我底住房有一个小门通到园里。那一晚上，天际只有一点星光，我把自己细软的东西藏在一个口袋里，又多穿了两件衣裳，正要出门，瞧见我底孩子睡在那里。我本不愿意带他同行，只怕他醒时瞧不见我要哭起来，所以暂住一下，把他抱在怀里，让他吸乳。他吸的时节，才实在感得我是他底母亲，他父亲虽与我没有精神上的关系，他却是我养的。况且我去后，他不免要受别人底折磨。我想到这里，不由得双泪直流。因为多带一个孩子，会教我底事情越发难办。我想来想去，还是把他驮起来，低声对他说："你是好孩子，不要哭，还是乖乖地睡。"幸亏他那时好像理会我底意思，不大作声。我留一封信在床上，说明愿意抛弃我应得的产业和逃走的理由，然后从小门出去。

我一手往后托住孩子，一手拿着口袋，蹑步到波罗蜜树下。我用一条绳子拴住口袋，慢慢地爬上树，到分丫的地方少停一会。那时孩子哼了一两声，我用手轻轻地拍着，又摇他几下，再把口袋提上来，抛过去给哈那拉住。我再抓去，摸着哈那为我预备的绳子，我就紧握着，让身体慢慢坠下来。我底手耐不得摩擦，早已被绳子锉伤了。

我下来之后，谢过哈那，忙忙出门，离哈那底门口不远就是爱德耶河，哈那和我出去雇船，她把话交代清楚就回去了。那舵工是

一个老头子，也许听不明白哈那所说的话。他划到塞德必特车站，又替我去买票。我初次搭车，所以不大明白行车底规矩；他叫我上车，我就上去。车开以后，查票人看我底票才知道我搭错了。

车到一个小站，我赶紧下来，意思是要等别辆车搭回去。那时已经夜半，站里底人说上麻德拉斯的车要到早晨才开。不得已就在候车处坐下。我把"马以拉"（回妇外衣）披好，用手支住袋假寐，约有三四点钟的工夫。偶一抬头，瞧见很远一点灯光由栅栏之间射来，我赶快到月台去，指着那灯问站里底人。他们当中有一个人笑说："这妇人连方向也分不清楚了。她认启明星做车头底探灯哪。"我瞧真了，也不觉得笑起来，说："可不是！我底眼真是花了。"

我对着启明星，又想起阿噶利马底话。她曾告诉我那星是一个擅于迷惑男子的女人变的。我因此想起荫哥和我底感情本来很好，若不是受了番婆底迷惑，决不忍把他最爱的结发妻卖掉。我又想着自己被卖的不是不能全然归在荫哥身上。若是我情愿在唐山过苦日子，无心到新加坡去依赖他，也不会发生这事。我想来想去，反笑自己逃得太过唐突。我自问既然逃得出来，又何必去依赖哈那底姊姊呢？想到这里，仍把孩子抱回候车处，定神解决这问题。我带出来的东西和现银共值三千多卢比，若是在村庄里住，很可以够一辈子底开销；所以我就把独立生活底主意拿定了。

天上底诸星陆续收了它们底光，惟有启明星仍在东方闪烁着。当我瞧着它的时候，好像一种声音从它光传来，说："惜官，此后你别再以我为迷惑男子的女人。要知道凡光明的事物都不能迷惑人。在诸星之中，我最先出来，告诉你们黑暗快到了；我最后回去，为的是领你们紧接受着太阳底光亮；我是夜界最光明的星。你可以当我做你心里底殷勤的警醒者。"我朝着它，心花怒开，也形容不出我心里底感谢。此后我一见着它，就有一番特别的感触。

我向人打听客栈所在的地方，都说要到贞葛布德才有。于是

　　我又搭车到那城去。我在客栈住不多的日子，就搬到自己底房子住去。

　　那房子是我把钻石鼻环兑出去所得的金钱买来的。地方不大，只有二间房和一个小园，四面种些露兜树当做围墙。印度式的房子虽然不好，但我爱它靠近村庄，也就顾不得它底外观和内容了。我雇了一个老婆子帮助料理家务，除养育孩子以外，还可以念些印度书籍。我在寂寞中和这孩子玩弄，才觉得孩子的可爱，比一切的更甚。

　　每到晚间，就有一种很庄重的歌声送到我耳里。我到园里一望，原来是从对门一个小家庭发出来。起先我也不知道他们唱来干什么，后来我才晓得他们是基督徒。那女主人以利沙伯不久也和我认识，我也常去赴他们底晚祷会。我在贞葛布德最先认识的朋友就算他们那一家。

　　以利沙伯是一个很可亲的女人，她劝我入学校念书，且应许给我照顾孩子。我想偷闲度日也是没有什么出息，所以在第二年她就介绍我到麻德拉斯一个妇女学校念书。每月回家一次瞧瞧我底孩子，她为我照顾得很好，不必我担忧。

　　我在校里没有分心的事，所以成绩甚佳。这六七年的工夫，不但学问长进，连从前所有的见地都改变了。我毕业后直到于今就在贞葛布德附近一个村里当教习。这就是我一生经历底大概。若要详细说来，虽用一年的工夫也说不尽。

　　现在我要到新加坡找我丈夫去。因为我要知道卖我的到底是谁。我很相信荫哥必不忍做这事；纵然是他出的主意，终有一天会悔悟过来。

　　惜官和我谈了足有两点多钟，她说得很慢，加之孩子时时搅扰她，所以没有把她在学校的生活对我详细地说。我因为她说得工夫太长，恐怕精神过于受累，也就不往下再问。我只对她说："你在那漂流的时节，能够自己找出这条活路，实在可敬。明天到新加坡

的时候，若是要我帮助你去找荫哥，我很乐意为你去干。"她说："我那里有什么聪明，这条路不过是冥冥中的指导者替我开的。我在学校里所念的书，最感动我的是《天路历程》和《鲁滨逊漂流记》，这两部书给我许多安慰和规范。我现时简直是一个女鲁滨逊哪。你要帮我去找荫哥，我实感激。因为新加坡我不大熟悉，明天总得求你和我……"说到这里，那孩子催着她进舱里去拿玩具给他。她就起来，一面续下去说："明天总得求你帮忙。"我起立对她行了一个敬礼，就坐下把方才的会话录在怀中日记里头。

过了二十四点钟，东南方微微露出几个山峰。满船底人都十分忙碌，惜官也顾着检点她底东西，没有出来。船入港的时候，她才携着孩子出来与我坐在一条长凳上头。她对我说："先生，想不到我会再和这个地方相见。岸上底椰树还是舞着它们底叶子；海面底白鸥还是飞来飞去向客人表示欢迎；我底愉快也和九年前初会它们那时一样。如箭的时光，转眼就过了那么多年，但我至终瞧不出从前所见的和现在所见的当中有什么分别。……呀！'光阴如箭'的话，不是指着箭飞得快说，乃是指着箭底本体说。光阴无论飞得多么快，在里头的事物还是没有什么改变；好像附在箭上的东西，箭虽是飞行着，它们却是一点不更改。……我今天所见的和从前所见的虽是一样，但愿荫哥底心肠不要像自然界底现象变更得那么慢；但愿他回心转意地接纳我。"我说："我和你表同情。听说这船要泊在丹让巴葛底码头，我想到时你先在船上候着，我上去打听一下再回来和你同去。这办法好不好呢？"她说："那么，就教你多多受累了。"

我上岸问了好几家都说不认得林荫乔这个人，那义和诚底招牌更是找不着。我非常着急，走了大半天觉得有一点累，就上一家广东茶居歇足，可巧在那里给我查出一点端倪。我问那茶居底掌柜。据他说：林荫乔因为把妻子卖给一个印度人，惹起本埠多数唐人底反对。那时有人说是他出主意卖的，有人说是番婆卖的，究竟不知道是谁做的事。但他底生意因此受莫大的影响，他瞧着在新加坡站不住，就把店门关起来，全家搬到别处去了。

我回来将所查出的形告诉惜官，且劝她回唐山去。她说："我是永远不回去的，因为我带着这个有色孩子，一到家，人必要耻笑我；况且我对于唐文一点也不会，回去岂不要饿死吗？我想在新加坡住几天，细细地访查他底下落。若是访不着时，仍旧回印度去。……唉，现在我已成为印度人了！"

我瞧她底情形，实在想不出什么话可以劝她回乡，只叹一声说："呀！你底命运实在苦！"她听了反笑着对我说："先生啊，人间一切的事情本来没有什么苦乐底分别：你造作时是苦，希望时是乐；临事时是苦，回想时是乐。我换一句话说：眼前所遇的都是困苦；过去、未来的回想和希望都是快乐。昨天我对你诉说自己境遇的时候，你听了觉得很苦，因为我把从前的情形陈说出来，罗列在你眼前，教你感得那是现在的事；若是我自己想起来，久别、被卖、逃亡等等事情都有快乐在内。所以你不必为我叹息，要把眼前的事情看开才好。……我只求你一样，你到唐山时，若是有便，就请到我村里通知我母亲一声。我母亲算来已有七十多岁，她信在鸿渐，我底唐山亲人只剩着她咧。她底门外有一棵很高的橄榄树。你打听良姆，人家就会告诉你。"

船离码头的时候，她还站在岸上挥着手巾送我。那种诚挚的表情，教我永远不能忘掉。我到家不上一月就上鸿渐去。那橄榄村下底破屋满被古藤封住，从门缝儿一望，隐约瞧见几座朽腐的木主搁在桌上，那里还有一位良姆！

（原载1921年《小说月报》12卷4号）

黄昏后

　　承欢、承瑶两姊妹在山上采了一篓羊齿类的干草，是要用来编造果筐和花篮的。他们从那条崎岖的山径一步一步地走下来，刚到山腰，已是喘得很厉害；二人就把篓子放下，歇息一会。

　　承欢底年纪大一点，所以她底精神不如妹妹那么活泼，只坐在一根横露在地面的榕树根上头；一手拿着手巾不歇地望脸上和脖项上揩拭。她底妹妹坐不一会，已经跑入树林里，低着头，慢慢找她心识中底宝贝去了。

　　喝醉了的太阳在临睡时，虽不能发出它固有的本领，然而还有余威把他底妙光长箭射到承欢这里。满山底岩石、树林、泉水，受着这妙光底赏赐，越觉得秋意阑珊了。汐涨的声音，一阵一阵地从海岸送来，远地的归鸟和落叶混着在树林里乱舞。承欢当着这个光景，她底眉、目、唇、舌也不觉跟着那动的东西，在她那被日光熏黑了的面庞飞舞着。她高兴起来，心中底意思已经禁止不住，就顺口念着："碧海无风涛自语；丹林映日叶思飞！……"还没有念完，她底妹妹就来到跟前，衣裙里兜着一堆的叶子，说："姊姊，你自己坐在这里，和谁说话来？你也不去帮我检检叶子，那边还有许多好看的哪。"她说着，顺手把所得的枯叶一片一片地拿出来，说："这个是蚶壳……这是海星……这是没脊鳍的翻车鱼……这卷得更好看，是爸爸吸的淡芭菰……这里……"她还要将那些受她想像变化过的叶子，一一给姊姊说明；可是这样的讲解，除她自己以外，是没人愿意用工夫去领教的。承欢不耐烦地说："你且把它们搁在篓里罢，到家才听你的，现在我不愿意听咧。"承璠斜着眼瞧了姊姊一下，一面把叶子装在篓里，说："姊姊不晓得又想什么了。在这里坐着，愿意自己喃喃地说话，就不愿意听我所说的！"承欢说："我何尝说什么，不过念着爸爸那首《秋山晚步》罢了。"她站起来，说："时候不早了，咱们走罢。你可以先下山去，让我自己提这篓子。"承璠说："我不，我要陪着你走。"

二人顺着山径下来，从秋的夕阳渲染出来等等的美丽已经布满前路：霞色、水光、潮音、谷响、草香等等更不消说；即如承欢那副不白的脸庞也要因着这个就增了几分本来的姿色。承欢虽是走着，脚步却不肯放开，生怕把这样晚景错过了似的。她无意中说了声："呀！妹妹，秋景虽然好，可惜太近残年咧。"承璠底年纪只十岁，自然不能懂得这位十五岁的姊姊所说的是什么意思。她就接着说："挨近残年，有什么可惜不可惜的？越近残年越好，因为残年一过，爸就要给我好些东西玩，我也要穿新做的衣服——我还盼望它快点过去哪。"

她们底家就在山下，门前朝着南海。从那里，有时可以望见远地里一两艘法国巡艇在广州湾驶来驶去。姊姊们也说不清她们所住的到底是中国地，或是法国领土；不过时常理会那些法国水兵爱来村里胡闹罢了。刚进门，承璠便叫一声："爸爸，我们回来了！"平常她们一回来，父亲必要出来接她们；这一次不见他出来，承欢

以为她父亲底注意是贯注在书本或雕刻上头，所以教妹妹不要声张，只好静静地走进来。承欢把篓子放下，就和妹妹到父亲屋里。

她们底父亲关怀所住的是南边那间屋子，靠壁三五架书籍。又陈设了许多大理石造像——有些是买来的，有些是自己创作的。从这技术室进去就是卧房。二人进去，见父亲不在那里。承欢向壁上一望，就对妹妹说："爸爸又拿着基达尔出去了。你到妈妈坟上，瞧他在那里不在。我且到厨房弄饭，等着你们。"

她们母亲底坟墓就在屋后自己底荔枝园中。承瑶穿过几棵荔枝树，就听见一阵基达尔底乐音，和着她父亲底歌喉。她知道父亲在那里，不敢惊动他底弹唱，就蹑着脚步上前。那里有一座大理石的坟头，形式虽和平常一样，然而西洋底风度却是很浓的。瞧那建造和雕刻的工夫，就知道平常的工匠决做不出来；一定是关怀亲手所造的。那墓碑上不记年月，只刻着"佳人关山恒媚"，下面一行小字是"夫关怀手泐"。承瑶到时，关怀只管弹唱着，像不理会他女儿站在身旁似的。直等到西方底回光消灭了，他才立起来，一手挟着乐器，一手牵着女儿，从园里慢慢地走出来。

一到门口，承瑶就嚷着："爸爸回来了！"她姊姊走出来，把父亲手里底乐器接住，且说："饭快好啦，你们先到厅里等一会，我就端出来。"关怀牵着承瑶到厅里，把头上底义帽脱下，挂在一个衣架上头，回头他就坐在一张睡椅上和承瑶谈话。他底外貌像一位五十岁左右的日本人，因为他底头发很短，两撇胡子也是含着外洋底神气。停一会，承欢端饭出来，关怀说："今晚上咱们都回得晚。方才你妹妹说你在山上念什么诗；我也是在书架上偶然检出十几年前你妈妈写给我的《自君之出矣》，我曾把这十二首诗入了乐谱，你妈妈在世时很听这个；到现在已经十一二年不弹这调了。今天偶然被我翻出来，所以拿着乐器走到她坟上再唱给她听；唱得高兴，不觉反复了几遍，连时间也忘记了。"承欢说："往时爸爸到墓上奏乐，从没有今天这么久；这诗我不曾听过……"承瑶插嘴

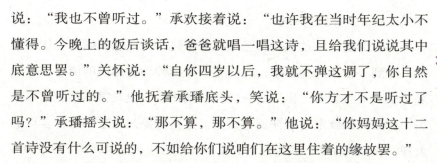

说："我也不曾听过。"承欢接着说："也许我在当时年纪太小不懂得。今晚上的饭后谈话，爸爸就唱一唱这诗，且给我们说说其中底意思罢。"关怀说："自你四岁以后，我就不弹这调了，你自然是不曾听过的。"他抚着承瑶底头，笑说："你方才不是听过了吗？"承瑶摇头说："那不算，那不算。"他说："你妈妈这十二首诗没有什么可说的，不如给你们说咱们在这里住着的缘故罢。"

吃完饭，关怀仍然倚在睡椅上头，手里拿着一枝雪茄，且吸且说。这老人家在灯光之下说得眉飞目舞，教姊姊们底眼光都贯注在他脸上，好像藏在叶下的猫儿凝神守着那翩飞的蚨蝶一般。

关怀说："我常愿意给你们说这事，恐怕你们不懂得，所以每要说时，便停止了。咱们住在这里，不但邻舍觉得奇怪，连阿欢，你底心里也是很诧异的。现在你底年纪大了，也懂得一点世故了，我就把一切的事告诉你们罢。我从法国回到香港，不久就和你妈妈结婚。那时刚要和东洋打仗，邓大人聘了两个法国人做顾问，请我到兵船里做通译。我想着，我到外洋是学雕刻的，通译，那里是我做得来的事，当晚就推辞他。无奈邓大人一定要我去，我碍于情面也就允许了。你妈妈虽不愿意，因为我已允许人家，所以不加拦阻。她把脑后底头发截下来，为我做成那条假辫。"他说到这里，就用雪茄指着衣架，接着说："那辫子好像叫卖的幌子，要当差事非得带着它不可。那东西被我用了那么些年，已修理过好几次，也许现在所有的头发没有一根是你妈妈的哪。

"到上海的时候，那两个法国人见势不佳，没有就他底聘。他还劝我不用回家，日后要用我做别的事，所以我就暂住在上海。我在那里，时常听见不好的消息，直到邓大人在威海卫阵亡时，我才回来。那十二首诗就是我入门时，你妈妈送给我的。"

承欢说："诗里说的都是什么意思？"关怀说："互相赠与的诗，无论如何，第三个人是不能理会，连自己也不能解释给人听的。那诗还搁在书架上，你要看时，明天可以拿去念一念。我且给

你说此后我和你妈妈底事。

　　"自那次打败仗，我自己觉得很羞耻，就立意要隔绝一切的亲友，跑到一个孤岛里居住，为的是要避掉种种不体面的消息，教我底耳朵少一点刺激。你妈妈只劝我回硇州去，但我很不愿意回那里去；以后我们就定意要搬到这里来。这里离硇州虽是不远，乡里底人却没有和我往来，我想他们必是不知道我住在这里。

　　"我们买了这所房子，连后边的荔枝园。二人就在这里过很欢乐的日子。在这里住不久，你就出世了。我们给你起个名字叫承欢……"承璠紧接着问："我呢？"关怀说："还没有说到你咧。你且听着，待一会才给你说。"

　　他接着说："我很不愿意雇人在家里做工，或是请别人种地给我收利。但耨田插秧的事都不是我和你妈妈做得来的；所以我们只好买些果树园来做生产底源头；西边那丛椰子林也是在你一周岁时买来做纪念的。那时你妈妈每日的功课就是乳育你；我在技术室做些经常的生活以外，有工夫还出去巡视园里底果树。好几年的工夫，我们都是这样地过，实在快乐啊！唉，好事是无常的！我们在这里住不上五年，这一片地方又被法国占据了！当时我又想搬到别处去，为的是要回避这种羞耻，谁知这事不能由我做主，好像我底命运就是这样，要永远住在这蒙羞的土地似的。"关怀说到这里，声音渐渐低微，那忧愤的情绪直把眼睑垂下一半；同时他底视线从女儿底脸上移开，也被地心引力吸住了。

　　承璠不明白父亲底心思，尽说："这地方很好，为什么又要搬呢？"承欢说："啊，我记得爸爸给我说过，妈妈是在那一年去世的。"关怀说："可不是！从前搬来这里的时候，你妈妈正怀着你；因为风波的颠簸，所以临产时很不顺利，这次可巧又有了阿欢，我不愿意像从前那么唐突，要等她产后才搬。可是她自从得了租借条约签押的消息以后，已经病得支持不住了。"那声音底颤动，早已把承欢底眼泪震荡出来。然而这老人家却没有显出什么激烈的情绪，只皱一皱他底眉头而已。他往下说："她产后不上十二个时辰就……"承瑶急急地问："是养我不是？"他说："是。因为他出世不久，你妈妈便撒掉你，所以给你起这个名字做阿瑶，瑶就是尤而无告的意思。"这时，三个人缄默了一会。门前底海潮音，后园底蟋蟀声，都顺着微风从窗户间送出来。桌上那盏油灯本来被灯花堵得火焰如豆一般大，这次因着微风，更是闪烁不定，几乎要熄灭了。关怀说："阿欢，你去把窗户关上，再将油灯整理一下。……小妹妹也该睡了，回头就同她到卧房去罢。"

不论什么人都喜欢打听父母怎样生育他，好像念历史的人爱读开天辟地的神话一样；承瑶听到这个去处，精神正在活泼，那里肯去安息。她从小凳子站起来，顺势跑到父亲面前，且坐在他底膝上，尽力地摇头说："爸爸还没有说完哪。我不困，快往下说罢。"承欢一面关窗，一面说："我也愿意再听下去，爸爸就接着说罢。今晚上迟一点睡也无妨。"她把灯心弄好，仍回原位坐下，注神瞧着她底父亲。

油灯经过一番收拾，越显得十分明显，关怀底眼睛忽然移到屋角一座石像上头。他指着对女儿说："那就是你妈妈去世前两三点钟的样子。"承瑶说："姊姊也曾给我说过那是妈妈，但我准知道爸爸屋里那个才是。我不信妈妈底脸难看到这个样子。"他抚着承瑶底头顶说："那也是好看的。你不懂得，所以说她不好看。"他越说越远，几乎把方才所说的忘掉；幸亏承欢再用话语提醒他，那老人家才接续地说下去。他说："我底搬家计划，被他妈妈这一死就打消了。她底身体已藏在这可羞的土地，而且你和阿瑶年纪又小，服事你们两个小姊妹还忙不过来，何况搬东挪西地往外去呢？因此，我就定意要终身住在这里，不想再搬了。

我是不愿意雇人在家里为我工作的。就是乳母，我也不愿意雇一个来乳育阿瑶。我不信男子就不会养育婴孩，所以每日要亲自尝试些乳育的工夫。"承瑶问："爸爸，当时你有奶子给我喝

吗？"关怀说："我只用牛乳喂你。然而男子有时也可以生出乳汁的。……阿璠，我从前不曾对你说过孟景休底事么？"承欢说："是，他是一个孝子，因为母亲死掉，留下一个幼弟；他要自己做乳育工夫，果然有乳浆从他底乳房溢出来。"关怀笑说："我当时若不是一个书呆子，就是这事一定要孝子才办得到，贞夫是不许做的。我每每抱着阿璠，让她啜我底乳头，看看能够溢出乳浆不能；但试来试去，都不成功。养育底工夫虽然是苦，我却以为这是父母二人应当共同去做的事情，不该让为母的独自担任这番劳苦。"

承欢说："可是这事要女人去做才合宜。"

"是的。自从你妈妈没了以后，别样事体倒不甚棘手，对于你所穿的衣服总觉得肮脏和破裂的非常的快。我自己也不会做针线，整天要为你求别人缝补，这几乎又要把我所不求人的理想推翻了！当时有些邻人劝我为你们续娶一个……"承欢说："我们有一位后娘倒好。"那老人家瞪着眼，口里尽力地吸着雪茄，少停，他底声音就和青烟一齐冒出来。他郑重地说："什么？一个人能像禽兽一样，只有生前的恩爱，没有死后的情愫吗？"

从他口里吐出来的青烟早已触得承欢承璠地咳嗽起来。她继续地说："爸爸底口直像王家那个破灶，闷得人家底眼睛和喉咙都不爽快。"关怀拍着她底背说："你真会用比方！……这是从外洋带回来的习惯，不吸它也罢，你就拿去搁在烟盂里罢。"承欢拿着那枝雪茄，忽像想起什么事似的，她走到屋里把所捡的树叶拿出来，对父亲说："爸爸吸这一枝罢，这比方才那枝好得多。"她父亲笑着把叶子接过去，仍教承欢坐在膝上，眼睛望着承欢："说，你以再婚为是么？"他底女儿自然不能回答，也不敢回答这重要的问题。她只嘿嘿地望着父亲两只灵活的眼睛，好像要听那两点微光底回答一样。那回答底声音果如从父亲底眼光中发出来——他凝神瞧着承欢说："我想你也不以为然。一个女人再醮，若是人家要轻看她；一个男子续娶，难道就不应当受轻视吗？所以当时凡有劝我续弦的，都被我拒绝了。我想你们没有母亲虽是可哀，然而有一个后娘更是不幸的。”

门前底海潮音，后园底蟋蟀声，加上檐牙底铁马和树上底夜啼鸟，这几种声音直像强盗一样，要从门缝窗隙间闯进来捣乱他们底夜谈。那两个女孩子虽不理会，关怀底心却被它们抢掠去了。他底眼睛注视着窗外那似树如山的黑影；耳中听着那种铮铮铛铛、嘶嘶瑎瑎、汩汩椓椓的杂响；口里说：“我一听见铁马底音响，就回想到你妈妈做新娘时，在洞房里走着，那脚钏铃铛的声音。那声音虽有大小的分别，风味却差不多。”

他把射到窗外的目光移到承欢身上，说：“你妈妈姓山，所以我在日间或夜间偶然瞧见尖锥形的东西就想着山，就想着她。在我心目中的感觉，就实在没死，不过是怕遇见更大的羞耻，所以躲藏着；但在人静的时候，她仍是和我在一处的。她来的时候，也去瞧你们，也和你们谈话，只是你们都像不大认识她一样，有时还不瞅睬她。”承璠说：“妈妈一定是在我们睡熟时候出来的，若是我醒时，断没有不瞅睬她的道理。”那老人家抚着这幼女底背说：“是的。你妈妈常夸奖你，说你聪明，喜欢和她谈话，不像你姊姊越大就越发和她生疏起来。”承欢知道这话是父亲造出来教妹妹喜欢的，所以她笑着说：“我心里何常不时刻惦念着妈妈呢？但她一来到，我怎么就不知道，这真是怪事！”

关怀对着承欢说：“你和你妈妈离别时年纪还小，也许记不清她底模样；可是你须知道，不论要认识什么物体都不能以外貌为准的，何况人面是最容易变化的呢？你要认识一个人，就得在他底声音、容貌之外找寻，这形体不过是生命中极短促的一段罢了。树木在春天发出花叶，夏天结了果子，一到秋冬，花、叶、果子多半失掉了；但是你能说没有花、叶的就不是树木么？池中底蝌蚪，渐渐长大成为一只虾蟆，你能说蝌蚪不是小虾蟆么？无情的东西变得慢，有情的东西变得快。故此，我常以你妈妈底坟墓为她底变化

身；我觉得她底身体已经比我长得大，比我长得坚强；她底声音，她底容貌，是遍一切处的。我到她底坟上，不是盼望她那卧在土中的肉身从墓碑上挺起来；我瞧她底身体就是那个坟墓，我对着那墓碑就和在这屋对你们说话一样。"

承欢说："哦，原来妈妈不是死，是变化了。爸爸，你那么爱妈妈，但她在这变化的时节，也知道你是疼爱她的么？"

"她一定知道的。"

承欢说："我每到爸爸屋里，对着妈妈底造像叫唤、抚摩，有时还敲打她几下。爸爸，若是那像真是妈妈，她肯让我这样抚摩和敲打么？她也能疼爱我，像你疼我一样么？"

关怀回答说："一定很喜欢。你妈妈连我这么高大，她还十分疼爱，何况你是一个聪明伶俐的小孩子！妈妈底疼爱比爸爸大得多。你睡觉的时候，爸爸只能给你垫枕、盖被；若是妈妈，一定要将她那只滑腻而温暖的手臂给你枕着，还要搂着你，教你不惊不慌地安睡在她怀里。你吃饭的时候，爸爸只能给你预备小碗、小盘；若是妈妈，一定要把她软和而常摇动的膝头给你做凳子，还要亲手递好吃的东西到你口里。你所穿的衣服，爸爸只能为你买些时式的和贵重的；若是妈妈，一定要常常给你换新样式，她要亲自剪裁，亲自刺绣，要用最好看的颜色——就是你最喜欢的颜色——给你做上。妈妈底疼爱实在比爸爸底大得多！"

承璠坐在父亲膝上，一听完这段话，她底身体底跳荡好像骑在马上一样。她一面摇着身子，一面拍着自己两只小腿，说："真的吗？她为何不对我这样作呢？爸爸，快叫妈妈从坟里出来罢。何必为着这蒙羞的土地就藏起来，不教她亲爱的女儿和她相会呢？从前我以为妈妈底脾气老是那个样子：两只眼睛瞧着人，许久也不转一下；和她说话也不答应；要送东西给她，她两只手又不知道往那里去，也不会伸出来接一接；所以我想她一定是不懂人情的。现在我就知道她不是无知的。爸爸，你为我到坟里把妈妈请出来罢；不然，你就把前头那扇石门挪开，让我进去找她。爸爸曾说她在晚间常来，待一会，她会来么？

关怀把她亲了一下，说："好孩子，你方才不是说你曾叫过她、摩过她，有时还敲打她么？她现在已经变成那个样子了，纵使你到坟墓里去找她也是找不着的。她常在我屋里，常在那里（他指着屋角那石像），常在你心里，常在你姊姊心里，常在我心里。你和她说话或送东西给她时，她虽像不理你，其实她疼爱你，已经领受你底敬意。你若常常到她面前，用你底孝心、你底诚意供献给她，日子久了，她心喜欢让你见着她底容貌。她要用妩媚的眼睛瞧着你，要开口对你发言，她那坚硬而白的皮肤要化为柔软娇嫩，好像你底身体一样。待一会，她一定来，可是不让你瞧见她，因为她先要瞧瞧你对于她的爱心怎样，然后教你瞧见她。"

承欢也随着对妹妹证明说："是，我像你那么大的时候，也很愿意见妈妈一面。后来我照着爸爸底话去做，果然妈妈从石像座儿走下来，搂着我和我谈话，好像现在爸爸搂着你和你谈话一样。"

承瑶把右手底食指含在口里，一双伶俐的小眼射在地上，不歇地转动，好像不悟什么事体，不有所发明似的。她抬头对父亲说："哦，爸爸，我明白了。以后我一定要格外地尊敬好好那座造像，盼望她也能下来和我谈话。爸爸，比如我用尽我底孝敬心来服事她，她准能知道么？"

"她一定知道的。"

"那么，方才所捡那些叶子，若是我妈妈地把它们藏起来，一心供养着，将来它们一定也会变成活的海星、瓦楞子或翻车鱼了。"关怀听了，莫名其妙。承欢就说："方才妹妹捡了一大堆的干叶子，内中有些像鱼的，有些像螺具的，她问的是那些东西。"关怀说："哦，也许会，也许会"承瑶要立刻跳下来，把那些叶子搬来给父亲瞧，但她底父亲说："先别拿出来，明天我才教给你保存它们的方法。"关怀生怕他底爱女晚间说话过度，在睡眠时作

梦，就劝承瑢说："你该去睡觉啦。我和你到屋里去罢。明早起来，我再给你说些好听的故事。"承欢说："不，我不。爸爸还没有说完呢，我要听完了才睡。"关怀说："妈妈底事长着呢，若是要说，一年也说不完，明天晚上再接下去说罢。"那小女孩于是从父亲膝上跳下来，拉着父亲底手，说："我先要到爸爸屋里瞧瞧那个妈妈。"关怀就和她进去。

他把女儿安顿好，等她睡熟，才回到自己屋里。他把外衣脱下，手里拿着那个囊，和腰间底玉佩，把玩得不忍撒手，料想那些东西一定和他底亡妻关山恒媚很有关系。他们底恩爱公案必定要在临睡前复讯一次。他走到石像前，不歇用手去摩弄那坚实而无知的物体，且说："我谢你为我留下这两个女孩，教我底晚景不至过于惨淡。不晓得我这残年要到什么时候才可以过去，速速地和你同住在一处。唉！你底女儿是不忍离开我的，要她们成人，总得在我们再会之后。我现在正浸在父亲的情爱中，实在难以解决要怎样经过这衰弱的残年，你能为我和从你身体分化出来的女儿们打算么？"

他静静地站在那里，那像很注意听着那石像底回答。可是那用手造的东西怎样发出她底意思，我们底耳根太钝，实在不能听出什么话来。他站了许久，回头瞧见承欢还在北边的厅里编织花篮，两只手不停地动来动去，口里还低唱着她底工夫歌。他从窗门对女儿说："我儿，时候不早了，明天再编罢。今晚上妹话说得过多，恐怕不能好好地睡，你得留神一点。"承欢应一声，就把那个未做成的篮子搁起来，把那盏小油灯拿到自己屋里去了。

灯光被承欢带去以后，满屋都被黑暗充塞着。秋萤一只两只地飞入关怀底卧房，有时歇在石像上头。那光底闪烁，可使关山恒媚底脸对着她底爱者发出一度一度的流盼和微笑。但是从外边来的，还有桴的海潮音，嘶悉的蟋蟀声，铮铛的铁马响，那可以说是关山恒媚为这位老鳏夫唱的催眠歌曲。

（原载1921年《小说月报》12卷7号）

缀网劳蛛

我像蜘蛛，
命动就是我底网。
我把网结好，
还住在中央。

呀，我底网甚时节受了损伤！
这一坏，教我怎地生长？
生的巨灵说："补缀补缀罢"，
世间没有一个不破的网。

我再结网时，
要结在玳瑁梁栋
珠玑帘栊；

或结在断井颓垣

荒烟蔓草中呢?

生的巨灵按手在我头上说:

"自己选择去罢,

你所在的地方无不兴隆、亨通。"

虽然,我再结的网还是像从前那么脆弱,

敌不过外力冲撞;

我网底形式还要像从前那么整齐——

平行的丝连成八角、十二角的形状吗?

他把"生的万花筒"交给我,说:

"望里看罢,

你爱怎样,就结成怎样。"

呀,万花筒里等等的形状和颜色

仍与从前没有什么差别!

求你再把第二个给我,

我好谨慎地选择。

"咄咄!贪得而无智的小虫!

自而今回溯到榅鸿,

从没有人说过里面有个形式与前相同。

去罢,生的结构都由这几十颗'彩琉璃屑'幻成种种,

不必再看第二个生的万花筒。"

　　那晚上底月色格外明朗,只是不时来些微风把满园底花影移动得不歇地作响。素光从椰叶下来,正射在尚洁和她底客人史夫人身上。她们二人底容貌,在这时候自然不能认得十分清楚,但是二人对谈的声音却像幽谷底回响,没有一点模糊。

　　周围的东西都沉默着,像要让她们密谈一般:树上底鸟儿把喙插在翅膀底下；草里底虫儿也不敢做声；就是尚洁身边那只玉炜，也当主人所发的声音为催眠歌，只管煜煜地沉睡着。她用纤手抚着玉炜，目光注在她底客人身上，懒懒地说："夺魁嫂子，外间的闲话是听不得的。这事我全不计较——我虽不信定命的说法，然而事情怎样来，我就怎样对付，毋庸在事前预先谋定什么方法。"

她底客人听了这场冷静的话，心里很是着急，说："你对于自己底前程不太注意了！若是一个人没有长久的顾虑，就免不了遇着危险，外人底话虽不足信，可是你得把你底态度显示得明了一点，教人不疑惑才是。"

尚洁索性把玉炜抱在怀里，低着头，只管摩弄。一会儿，她才冷笑了一声，说："唏唏，夺魁嫂子，你底话差了，危险不是顾虑所能闪避的。后一小时的事情，我们也不敢说准知道，那里能顾到三四个月、三两年那么长久呢？你能保我待一会不遇着危险，能保我今夜里睡得平安么？纵使我准知道今晚上曾遇着危险，现在的谋虑也未必来得及。我们都在云雾里走，离身二三尺以外，谁还能知道前途的光景呢？经里说：'不要为明日自夸，因为一日要生何事，你尚且不能知道。'这句话，你忘了么？……唉，我们都是从渺茫中来，在渺茫中住，望渺茫中去。若是怕在这条云封雾锁的生命路程里走动，莫如止住你底脚步；若是你有漫游的兴趣，纵然前途和四围的光景暧昧，不能使你尝心快意，你也是要走的。横竖是往前走，顾虑什么？

"我们从前的事，也许你和一般侨寓此地的人都不十分知道我不愿意破坏自己底名誉，也不忍教他出丑。你既是要我把态度显示出来，我就得略把前事说一点给你听，可是要求你暂时守这个秘密。

"论理，我也不是他底……"

史夫人没等她说完，早把身子挺起来，作很惊讶的样子，回头用焦急的声音说："什么？这又奇怪了！"

"这倒不是怪事，且听我说下去。你听这一点，就知道我底全意思了。我本是人家底童养媳，一向就不曾和人行过婚礼——那就是说，夫妇底名分，在我身上用不着。当时，我并不是爱他，不过要仗着他底帮助，救我脱出残暴的婆家。走到这个地方，依着时势的境遇，使我不能不认他为夫……"

"原来他们底家有这样特别的历史。……那么，你对于长孙先生可以说没有精神的关系，不过是不自然的结合罢了。"

尚洁庄重地回答说："你底意思是说我们没有爱情么？诚然，我从不会在别人身上用过一点男女底爱情；别人给我的，我也不会辨别过那是真的，这是假的。夫妇，不过是名义上的事；爱与不爱，只能稍微影响一点精神底生活，和家庭底组织是毫无关系的。

"他怎样想法子要奉承我，凡认识我的人都觉得出来。然而我却没有领他底情，因为他从没有把自己底行为检点一下。他底嗜好多，脾气坏，是你所知道的。我一到会堂去，每听到人家说我是长孙可望底妻子，就非常的惭愧。我常想着从不自爱的人所给的爱情都是假的。

"我虽然不爱他，然而家里的事，我认为应当替他做的，我也乐意去做。因为家庭是公的，爱情是私的。我们两人底关系，实在就是这样。外人说我和谭先生的事，全是不对的。我底家庭已经成为这样，我又怎能把它破坏呢？"

史夫人说："我现在才看出你们底真相，我也回去告诉史先生，教他不要多信闲话。我知道你是好人，是一个纯良的女子，神必保佑你。"说着，用手轻轻地拍一拍尚洁底肩膀，就站立起来告辞。

尚洁陪她在花阴底下走着，一面说："我很愿意你把这事底原委单说给史先生知道。至于外间传说我和谭先生有秘密的关系，说我是淫妇，我都不介意。连他也好几天不回来啦。我估量他是为这事生气，可是我并不辩白。世上没有一个人能够把真心拿出来给人家看；纵然能够拿出来，人家也看不明白，那么，我又何必多费唇舌呢？人对于一件事情一存了成见，就不容易把真相观察出来。凡是人都有成见，同一件事，必会生出歧异的评判，这也是难怪的。我不管人家怎样批评我，也不管他怎样疑惑我，我只求自己无愧，对得住天上底星辰和地下底蝼蚁便了。你放心罢，等到事情临到我身上，我自有方法对付。我底意思就是这样，若是有工夫，改天再谈罢。”

她送客人出门，就把玉牗抱到自己房里。那时已经不早，月光从窗户进来，歇在椅桌、枕席之上，把房里的东西染得和铅制的一般。她伸手向床边按了一按铃子，须臾，女佣妥娘就上来。她问：“佩荷姑娘睡了么？”妥娘在门边回答说：“早就睡了。宵夜已预备好了，端上来不？”她说着，顺手把电灯拧着，一时满屋里都着上颜色了。

在灯光之下，才看见尚洁斜倚在床上。流动的眼睛，软润的颔颊，玉葱似的鼻，柳叶似的眉，桃绽似的唇，衬着蓬乱的头发……凡形体上各样的美都凑合在她头上。她底身体，修短也很合度。从她口里发出来的声音，都合音节，就是不懂音乐的人，一听了她底话语，也能得着许多默感。她见妥娘把灯拧亮了，就说：“把它拧灭了吧。光太强了，更不舒服。方才我也忘了留史夫人在这里宵夜。我不觉得十分饥饿，不必端上来，你们可以自己方便去。把东西收拾清楚，随着给我点一枝洋烛上来。”

妥娘遵从她底命令，立刻把灯灭了，接着说：“相公今晚上也许又不回来，可以把大门扣上吗？”

“是，我想他永远不回来了。你们吃完，就把门关好，各自歇息去罢，夜很深了。”

尚洁独坐在那间充满月亮的房里，桌子一枝洋烛已燃过三分之二，轻风频拂火焰，眼看那枝发光的小东西要泪尽了。她于是起来，把烛火移到屋角一个窗户前头的小几上。那里有一个软垫，几

上搁几本经典和祈祷文。她每夜睡前的功课就是跪在那垫上默记三两节经句，或是诵几句祷词。别的事情，也许她会忘记，惟独这圣事是她所不敢忽略的。她跪在那里冥想了许久，睁眼一看，火光已不知道在什么时候从烛台上逃走了。

她立起来，把卧具整理妥当，就躺下睡觉。可是她怎能睡着呢？呀，月亮也循着宾客底礼，不敢相扰，慢慢地辞了她，走到园里和它底花草朋友、木石知交周旋去了！

月亮虽然辞去，她还不转眼地望着窗外的天空，像要诉她心中底秘密一般。她正在床上辗来转去，忽听园里"锽璲"一声，响得很厉害。她起来，走到窗边，往外一望，但见一重一重地树影和夜雾把园里盖得非常严密，教她看不见什么。于是她蹑步下楼，唤醒妥娘，命她到园里去察看那怪声底出处。妥娘自己一个人那里敢出去；她走到门房把团哥叫醒，央他一同到围墙边察一察。团哥也就起来了。

妥娘去不多会，便进来回话。她笑着说："你猜是什么呢？原来是一个搴运的窃贼摔倒在我们底墙根。他底腿已摔坏了，脑袋也撞伤了，流得满地都是血，动也动不得了。团哥拿着一枝荆条正在抽他哪。"

尚洁听了，一霎时前所有的恐怖情绪一时尽变为慈祥的心意。她等不得回答妥娘，便跑到墙根。团哥还在那里，"你这该死的东西……不知厉害的坏种！……"一句一鞭，打骂得很高兴。尚洁一到，就止住他，还命他和妥娘把受伤的贼扛到屋里来。她吩咐让他躺在贵妃榻上。仆人们都显出不愿意的样子，因为他们想着一个贼人不应该受这么好的待遇。

尚洁看出他们底意思，便说："一个人走到做贼的地步是最可怜悯的，若是你们不得着好机会，也许……"她说到这里，觉得有点失言，教她底佣人听了不舒服，就改过一句说话："若是你们明白他底境遇，也许会体贴他。我见了一个受伤的人，无论如何，总得救护的。你们常常听见'救苦救难'的话，遇着忧患的时候，有时也会脱口地说出来，为何不从'他是苦难人'那方面体贴他呢？你们不要怕他底血沾脏了那垫子，尽管扶他躺下罢。"团哥只得扶他躺下，口里沈吟地说："我们还得为他请医生去吗？"

"且慢，你把灯移近一点，待我来看一看。救伤的事，我还在行。妥娘，你上楼去把我们那个'常备药箱'捧下来。"又对团哥说："你去倒一盆清水来罢。"

仆人都遵命各自干事去了。那贼虽闭着眼，方才尚洁所说的话，却能听得分明。他心里底感激可使他自忘是个罪人，反觉他是世界里一个最能得人爱惜的青年。这样的待遇，也许就是他生平第一次得着的。他呻吟了一下，用低沉的声音说："慈悲的太太，菩萨保佑慈悲的太太！"

那人底太阳边受伤很重，腿部倒不十分厉害。她用药棉蘸水轻轻地把伤处周围的血迹洗净，再用绷带裹好。等到事情做得清楚，天早已亮了。

她正转身要上楼去换衣服，蓦听得外面敲门的声音很急，就止步问说："谁这么早就来敲门呢？"

"是警察罢。"

妥娘提起这四个字，教她很着急。她说："谁去告诉警察呢？"那贼躺在贵妃榻上，一听见警察要来，恨不能立刻起来跪在地上求恩。但这样的行动已从他那双劳倦的眼睛表白出来了。尚洁跑到他跟前，安慰他说："我没有叫人去报警察……"正说到这里，那从门外来的脚步已经踏进来。

来的并不是警察，却是这家底主人长孙可望。他见尚洁穿着一件睡衣站在那里和一个躺着的男子说话，心里底无明怒火已从身上八万四千个毛孔里发射出来。他第一句就问："那人是谁？"

这个问实在教尚洁不容易回答，因为她从不曾问过那受伤者的名字，也不便说他是贼。

"他……他是受伤的人……"

可望不等说完，便拉住她底手，说："你办的事，我早已知道。我这几天不回来，正要侦察你底动静，今天可给我撞见了。我何尝辜负你呢？……一同上去罢，我们可以慢慢地谈。"不由分说，拉着她就往上跑。

妥娘在旁边，看得情急，就大声嚷着："他是贼！"

"我是贼，我是贼！"那可怜的人也嚷了两声。可望只对着他冷笑，说："我明知道你是贼。不必报名，你且歇一歇罢。"

一到卧房里，可望就说："我且问你，我有什么对你不起的地方？你要入学堂，我便立刻送你去；要到礼拜堂听道，我便特地为你预备车马。现在你有学问了，也入教了；我且问你，学堂教你这样做，教堂教你这样做么？"

他底话意是要诘问她为什么变心，因为他许久就听见人说尚洁嫌他鄙陋不文，要离弃他去嫁给一个姓谭的。夜间的事，他一概不知，他进门一看尚洁底神色，老以为她所做的是一段爱情把戏。在尚洁方面，以为他是不喜欢她这样的待遇窃贼。她底慈悲性情是上天所赋的，她也觉得这样办，于自己底信仰和所受的教育没有冲突，就回答说："是的，学堂教我这样做，教会也教我这样做。你敢是……"

"是吗？"可望喝了一声，猛将怀中小刀取出来向尚洁底肩膀上一击。这不幸的妇人立时倒在地上，那玉白的面庞已像溃在胭脂膏里一样。

她不说什么，但用一种沉静的和无抵抗的态度，就足以感动那愚顽的凶手。可望当此情景，心中恐怖的情绪已把凶猛的怒气克服了。他不再有什么动作，只站在一边出神。他看尚洁动也不动一下，估量她是死了；那时，他觉得自己底罪恶压住他，不许再逗留在那里，便溜烟似的望外跑。

妥娘见他跑了，知道楼上必有事故，就赶紧上来。她看尚洁那样子，不由得"啊，天公！"喊了一声，一面上去，要把她搀扶起来。尚洁这时，眼睛略略睁开，像要对她说什么，只是说不出。她指肩膀示意，妥娘才看见一把小刀插在她肩上。妥娘底手便即酥软，周身发抖，待要扶她，也没有气力了。她含泪对着主妇说："容我去请医生罢。"

"史……史……"妥娘知道她是要请史夫人来，便回答说："好，我也去请史夫人来。"她教团哥看门，自己雇一辆车找救星去了。

医生把尚洁扶到床上，慢慢施行手术；赶到史夫人来时，所有的事情都弄清楚啦。医生对史夫人说："长孙夫人底伤不甚要紧，保养一两个星期便可复元。幸而那刀从肩胛骨外面脱出来，没有伤到肺叶——那两个创口是不要紧的。"

医生辞去以后，史夫人便坐在床沿用法子安慰她。这时，尚洁底精神稍微恢复，就对她底知交说："我不能多说话，只求你把底下那个受伤的人先送到公医院去；其余的，待我好了再给你说。……唉，我的嫂子，我现在不能离开你，你这几天得和我同在一块儿住。"

史夫人一进门就不明白底下为什么躺着一个受伤的男子。妥娘去时，也没有对她详细地说。她看见尚洁这个样子，又不便往下问。但尚洁底颖悟性从不会被刀所伤，她早明白史夫人猜不透这个闷葫芦，就说："我现在没有气力给你细说，你可以向妥娘打听去。就要速速去办，若是他回来，便要害了他底性命。"

史夫人照她所吩咐的去做；回来，就陪着她在房里，没有回家。那四岁的女孩佩荷更不知道这是怎么一回事，还是啼啼笑笑，过她底平安日子。

一个星期，两个星期，在她病中嘿嘿地过去。她也渐次复元了。她想许久没有到园里去，就央求史夫人扶着她慢慢走出来。她们穿过那晚上谈话的柳荫，来到园边一个小亭下，就歇在那里。她

们坐的地方满开了玫瑰，那清静温香的景色委实可以消灭一切忧闷和病害。

"我已忘了我们这里有这些好花，待一会，可以折几枝带回屋里。"

"你且歇歇，我为你选择几枝罢。"史夫人说时，便起来折花。尚洁见她脚下有一朵很大的花，就指着说："你看，你脚下有一朵很大、很好看的，为什么不把它摘下？"

史夫人低头一看，用手把花提起来，便叹了一口气。

"怎么啦？"

史夫人说："这花不好。"因为那花只剩地上那一半，还有一边是被虫伤了。她怕说出伤字，要伤尚洁底心，所以这样回答。但尚洁看的明明是一朵好花，直教递过来给她看。

"夺魁嫂，你说它不好么？我在此中找出道理咧！这花虽然被虫伤了一半，这开得这么好看，可见人底命运也是如此——若不把他底生命完全夺去，虽然不完全，也可以得着生活上一部分的美满，你以为如何呢？"

史夫人知道她连想到自己底事情上头，只回答说："那是当然的，命运底偃蹇和亨通，于我们底生活没有多大关系。"

谈话之间，妥娘领着史夺魁先生进来。他向尚洁和他底妻子问过好，便坐在她们对面一张凳上。史夫人不管她丈夫要说什么，头一句就问："事情怎样解决呢？"

史先生说："我正是为这事情来给长孙夫人一个信，昨天在会堂里有一个很激烈的纷争，因为有些人说可望底举动是长孙夫人迫他做成的，应当剥夺她赴圣筵的权利。我和我奉真牧师在席间极力申辩，终归无效。"他望着尚洁说："圣筵赴与不赴也不要紧。因为我们底信仰决不能为仪式所束缚；我们底行为，只求对得起良心就算了。"

"因为我没有把那可怜的人交给警察，便责罚我么？"

史先生摇头说："不，不，现在的问题不在那事上头。前天可望寄一封长信到会里，说到你怎样对他不住，怎样想弃绝他去嫁给别人。他对于你和某人、某人往来的地点、时间都说出来。且说，他不愿意再见你底面；若不与你离婚，他永不回家。信他所说的人很多，我们怎样申辩也挽不过来。我们虽然知道事实不是如此，可是不能找出什么凭据来证明。我现在正要告诉你，若是要到法庭去的话，我可以帮你底忙。这里不像我们祖国，公庭上没有女人说话的地位。况且他底买卖起先都是你拿资本出来；要离异时，照法律，最少总得把财产分一半给你。……像这样的男子，不要他也罢了。"

尚洁说："那事实现在不必分辩，我早已对嫂子说明了。会里因为信条底缘故，说我底行为不合道理，便禁止我赴圣筵——这是他所信的，我有什么可说的呢！"她说到末一句，声音便低下了。她底颜色很像为同会底人误解她和误解道理惋惜。

"唉，同一样道理，为何信仰的人会不一样？"

她听了史先生这话，便兴奋起来，说："这何必问？你不常听见人说：'水是一样，牛喝了便成乳汁，蛇喝了便成毒液'吗？我管保我所得能化为乳汁，那能干涉人家所得的变成毒液呢？若是到法庭去的话，倒也不必。我本没有正式和他行过婚礼，自毋须乎在法庭上公布离婚。若说他不愿意再见我底面，我尽可以搬出去。财产是生活的赘瘤，不要也罢，和他争什么？……他赐给我的恩惠已是不少，留着给他……"

"可是你一把财产全部让给他，你立刻就不能生活。还有佩荷呢？"

尚洁沈吟半响便说："不妨，我私下也曾积聚些少，只不能支持到一年罢了。但不论如何，我总得自己挣扎。至于佩荷……"她又沈思了一会，才续下去说："好罢，看他底意思怎样，若是他愿意把那孩子留住，我也不和他争。我自己一个人离开这里就是。"

他们夫妇二人深知道尚洁底性情，知道她很有主意，用不着别人指导。并且她在无论什么事情上头都用一种宗教底精神去安排。她底态度常显出十分冷静和沉毅，做出来的事，有时超乎常人意料之外。

史先生深信她能够解决自己将来的生活，一听了她底话，便不再说什么，只略略把眉头皱了一下而已。史夫人在这两三个星期间，也很为她费了些筹划。他们有一所别业在土华地方，早就想教尚洁到那里去养病；到现在她才开口说："尚洁妹了，我知道你一定有更好的主意，不过你底身体还不甚复原，不能立刻出去做什么事情，何不到我们底别庄里静养一下，过几个月再行打算？"史先生接着对他妻子说："这也好。只怕路途远一点，由海船去，最快也得两天才可以到。但我们都是惯于出门的人，海涛底颠簸当然不能制服我们。若是要去的话，你可以陪着去，省得寂寞了长孙夫人。"

尚洁也想找一个静养的地方，不意他们夫妇那么仗义，所以不待踌躇便应许了。她不愿意为自己底缘故教别人麻烦，因此不让史夫人跟着前去。她说"寂寞的生活是我尝惯的。史嫂子在家里也有许多当办的事情，那里能够和我同行？还是我自己去好一点。我很感谢你们二位底高谊，要怎样表示我底谢忱，我却不懂得；就是懂，也不能表示得万分之一。我只说一声'感激莫名'便了。史先生，烦你再去问他要怎样处置佩荷，等这事弄清楚，我便要动身。"她说着，就从方才摘下的玫瑰中间选出一朵好看的递给史先生，教他插在胸前底钮门上。不久，史先生也就起立告辞，替她办交涉去了。

土华在马来半岛底西岸，地方虽然不大，风景倒还幽致。那海里出的珠宝不少，所以住在那里的多半是搜宝之客。尚洁住的地方就在海边一丛镥林里。在她底门外，不时看见采珠底船往来于金的塔尖和银的浪头之间。这采珠底工夫赐给她许多教训。因为她这几

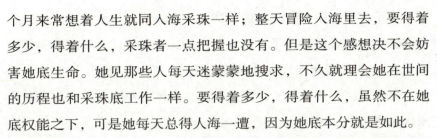

个月来常想着人生就同入海采珠一样；整天冒险入海里去，要得着多少，得着什么，采珠者一点把握也没有。但是这个感想决不会妨害她底生命。她见那些人每天迷蒙蒙地搜求，不久就理会她在世间的历程也和采珠底工作一样。要得着多少，得着什么，虽然不在她底权能之下，可是她每天总得人海一遭，因为她底本分就是如此。

她对于前途不但没有一点灰心，且要更加奋勉。可望虽是剥夺她们母女的关系，不许佩荷跟着她，然而她仍不忍弃掉她底责任，每月要托人暗地里把吃的用的送到故家去给她女儿。

她现在已变主妇底地位为一个珠商底记室了。住在那里的人，都说她是人家底弃妇，就看轻她，所以她所交游的都是珠船里的工人。那班没有思想的男子在休息的时候，便因着她底姿色争来找她开心。但她底威仪常是调伏这班人的邪念，教他们转过心来承认她是他们底师保。

她一连三年，除干她底正事以外，就是教她那班朋友说几句英吉利语，念些少经文，知道些少常识。在她底团体里，使令、供养，无不如意。若说过快活日子，能像她这样，也就不劣了。

虽然如此，她还是有缺陷的。社会地位，没有她底分；家庭生活，也没有她底分；我们想想，她心里到底有什么感觉？前一项，于她是不甚重要的；后一项，可就缭乱她底衷肠了！史夫人虽常寄信给她，然而她不见信则已，一见了信，那种说不出来的伤感就加增千百倍。

她一想起她底家庭，每要在树林里徘徊，树上底鐎鑯常要幻成她女儿底声音对她说："母思儿耶？母思儿耶？"这本不是奇迹，因为发声者无情，听音者有意；她不但对于那些小虫底声音是这样，即如一切的声音和颜色，偶一触着她底感官，便幻成她底家庭了。

她坐在林下，遥望着无涯的波浪，一度一度地掀到岸边，常觉得她底女儿踏着浪花踊跃而来，这也不止一次了。那天，她又坐在

那里，手拿着一张佩荷底小照，那是史夫人最近给她寄来的。她翻来翻去地看，看得眼昏了。她猛一抬头，又得着常时所现的异象。她看见一个人携着她底女儿从海边上来，穿过林樾，一直走到跟前。那人说："长孙夫人，许久不见，贵体康健啊！我领你底女儿来找你哪。"

尚洁此时，展一展眼睛，才理会果然是史先生携着佩荷找她来。她不等回答史先生底话，便上前用力搂住佩荷；她底哭声从她爱心的深密处股雷似地震发出来。佩荷因为不认得她，害怕起来，也放声哭了一场。史先生不知道感触了什么，也在旁边只尽管擦眼泪。

这三种不同情绪的哭泣止了以后，尚洁就呜咽地问史先生说："我实在喜欢。想不到你会来探望我，更想不到佩荷也能来！……"她要问的话很多，一时摸不着头绪。只搂定佩荷，眼看着史先生出神。

史先生很庄重地说"夫人，我给你报好消息来了。"

"好消息？"

"你且镇定一下，等我细细地告诉你。我们一得着这消息，我底妻子就教我和佩荷一同来找你。这奇事，我们以前都不知道，到前十几天才听见我奉真牧师说的。我牧师自那年为你底事卸职后，他底生活，你已经知道了。"

"是，我知道。他不是白天做裁缝匠，晚间还做制饼师吗？我信得过，神必要帮助他，因为神底儿子说：'为义受逼迫的人是有福的。'他底事业还顺利吗？"

"倒没有什么过不去的地方。他不但日夜劳动，在合宜的时候，还到处去传福音哪。他现在不用这样地吃苦，因为他底老教会看他底行为，请他回国仍旧当牧师去，在前一个星期已经动身了。"

"是吗！谢谢神！他必不能长久地受苦。"

"就是因为我牧师回国的事，我才能到这里来。你知道长孙先生也受了他底感化么？这事详细地说起来，倒是一种神迹。我现在来，也是为告诉你这件事。

"前几天，长孙先生忽然到我家里找我。他一向就和我们很生疏，好几年也不过访一次，所以这次的来，教我们很诧异。他第一句就问你底近况如何，且诉说他底懊悔。他说这反悔是忽然的，是我牧师警醒他的。现在我就将他底话，照样地说一遍给你听——

"在这两三年间，我牧师常来找我谈话，有时也请我到他底面包房里去听他讲道。我和他来往那么些次，就觉得他是我底好师傅。我每有难决的事情或疑虑的问题，都去请教他。我自前年生事，二人分离以后，每疑惑尚洁官底操守，又常听见家里佣人思念她的话，心里就十分懊悔。但我总想着，男人说话将军箭，事已做出，那里还有脸皮收回来？本是打算给它一个错到底的。然而日子越久，我就越觉得不对。到我牧师要走，最末次命我去领教训的时候，讲了一章经，教我很受感动。散会后，他对我说，他盼望我做的是请尚洁官回来。他又念《马可福音》十章给我听，我自得着那教训以后，越觉得我很卑鄙、凶残、淫秽，很对不住婢，现在要在求你先把佩荷带去见她，盼望她为女儿的缘故赦我。你们可以先走，我随后也要亲自前往。

"他说懊悔的话很多，我也不能细说了。等他来时，容他自己对你细说罢。我很奇怪我牧师对于这事，以前一点也没有对我说过，到要走时，才略提一提；反教他来到我那里去，这不是神迹吗？"

尚洁听了这一席话，却没有显出特别愉悦的神色，只说："我底行为本不求人知道，也不是为要得人家的怜恤和赞美；人家怎样待我，我就怎样受，从来是不计较的。别人伤害我，我还饶恕，何况是他呢？他知道自己底卤莽，是一件极可喜的事。——你愿意到我屋里去看一看吗？我们一同走走罢。"

他们一面走，一面谈。史先生问起她在这里的事业如何，她不愿意把所经历的种种苦处尽说出来，只说："我来这里，几年的工夫也不算浪费，因为我已找着了许多失掉的珠子了！那些灵性的珠子，自然不如入海去探求那么容易，然而我竟能得着二三十颗。此外，没有什么可以告诉你。"

尚洁把她底事情结束停当，等可望不来，打算要和史先生一同回去。正要到珠船里和她底朋友们告辞，在路上就遇见可望跟着一个本地人从对面来。她认得是可望，就堆着笑容，抢前几步去迎他，说："可望君，平安啊！"可望一见她，也就深深地行了一个敬礼，说："可敬的妇人，我所做的一切事都是伤害我底身体，和你我二人底感情，此后我再不敢了。我知道我多多地得罪你，实在不配再见你底面，盼望你不要把我底过失记在心中。今天来到这里，为的是要表明我悔改底行为；还要请你回去管理一切所有的。你现在要到那里去呢？我想你可以和史先生先行动身，我随后回来。"

尚洁见他那番诚恳的态度，比起从前，简直是两个人，心里自然满是愉快，且暗自谢她底神在他身上所显的奇迹。她说："呀！往事如梦中之烟，早已在虚幻里消散了，何必重行提起呢？凡人都不可积聚日间的怨恨、怒气和一切伤心的事到夜里，何况是隔了好几年的事？请你把那些事情搁在脑后罢。我本想到船里去，向我那班同工底人辞行。你怎样不和我们一起回去，还有别的事情要办么？史先生现时在他底别业——就是我住的地方——我们一同到那里去罢，待一会，再出来辞行。"

"不必，不必。你可以去你的，我自己去找他就可以。因为我还有些正当的事情要办。恐怕不能和你们一同回去；什么事，以后我才教你知道。"

"那么，你教这土人领你去罢，从这里走不远就是。我先到船里，回头再和你细谈。再见哪！"

她从土华回来，先住在史先生家里，意思是要等可望来到，一同搬回她底旧房子去。谁知等了好几天，也不见他底影。她才知道可望在土华所说的话意有所含蓄。可是他到那里去呢？去干什么呢？她正想着，史先生拿了一封信进来对她说："夫人，你不必等可望了，明后天就搬回去罢。他寄给我这一封信说，他有许多对不起你的地方，都是出于激烈的爱情所致，因他爱你的缘故，所以伤了你。现在他要把从前邪恶的行为和暴躁的脾气改过来，且要偿还你这几年来所受的苦楚，故不得不暂时离开你。他已经到槟榔屿了。他不直接写信给你的缘故，是怕你伤心，故此写给我，教我好安慰你；他还说从前一切的产业都是你的，他不应独自霸占了许久，要求你尽量地享用，直等到他回来。

　　"这样看来，不如你先搬回去，我这里派人去找他回来如何？唉，想不到他一会儿就能悔改到这步田地！"

　　她遇事本来很沉静，史先生说时，她底颜色从不曾显出什么变态，只说："为爱情么？为爱而离开我么？这是当然的，爱情本如极利的斧子，用来剥削命运常比用来整理命运的时候多一些。他既然规定他自己底行程，又何必费工夫去寻找他呢？我是没有成见的，事情怎样来，我怎样对付就是。"

　　尚洁搬回来那天，可巧下了一点雨，好像上天使园里的花木特地沐浴得很妍净来迎接它们底旧主人一样。她进门时，妥娘正在整理厅堂，一见她来，便嚷着："奶奶，你回来了！我们很想念你哪！你底房间乱得很，等我把各样东西安排好再上去。先到花园去看看罢，你手植各样的花木都长大了。后面那颗释迦头长得像罗伞一样，结果也不少，去看看罢。史夫人早和佩荷姑娘来了，他们现时也在园里。"

　　她和妥娘说了几句话，便到园里。一拐弯，就看见史夫人和佩荷坐在树荫底下一张凳上——那就是几年前，她要被刺那夜，和史夫人坐着谈话的地方。她走来，又和史夫人并肩坐在那里。史夫人

说来说去，无非是安慰她的话。她像不信自己这样的命运不甚好，也不信史夫人用定命论底解释来安慰她，就可以使她满足。然而她一时不能说出合宜的话，教史夫人明白她心中毫无忧郁在内。她无意中一抬头，看见佩荷拿着树枝把结在玫瑰花上一个蜘蛛网撩破了一大部分。她注神许久，就想出一个意思来。

她说："呀，我给这个比喻，你就明白我底意思。

"我像蜘蛛，命运就是我底网。蜘蛛把一切有毒无毒的昆虫吃人肚里，回头把网组织起来。它第一次放出来的游丝，不晓得要被风吹到多么远；可是等到粘着别的东西的时候，它底网便成了。

"它不晓得那网什么时候会破，和怎样破法。一旦破了，它还暂时安安然然地藏起来；等有机会再结一个好的。

"它底破网留在树梢上，还不失为一个网。太阳从上头照下来，把各条细丝映成七色；有时粘上些少水珠，更显得灿烂可爱。

"人和他底命运，又何尝不是这样？所有的网都是自己组织得来，或完或缺，只能听其自然罢了。"

史夫人还要说时，妥娘来说屋子已收拾好了，请她们进去看看。于是，她们一面谈，一面离开那里。

园里没人，寂静了许久。方才那只蜘蛛悄悄地从叶底出来，向着网底破裂处，一步一步，慢慢补缀。它补这个干什么？因为它是蜘蛛，不得不如此！

（原载1922年《小说月报》13卷 2 号）

许地山

小说精品

【第二辑】

在费总理底客厅里

　　费总理底会客厅里面底陈设都能表示他是一个办慈善事业具有热心和经验的人。梁上悬着两块"急公好义"和"善与人同"的匾额，自然是第一和第二任大总统颁赐的，我们看当中盖着一方"荣典之玺"的印文便可以知道。在两块匾当中悬着一块"敦诗说礼之堂"的题额，听说是花了几百圆的润笔费请求康老先生写的。因为总理要康老先生多写几个字，所以他底堂名会那么长。四围墙上底装饰品无非是褒奖状、格言联对、天官赐福图、大镜之类。厅里底镜框很多，最大的是对着当街底窗户那面西洋大镜。厅里底家私都是用上等楠木制成。几桌之上杂陈些新旧真假的古董和东西洋大小自鸣钟。厅角底书架上除了几本《孝经》、《治家格言注》、《理学大全》和些日报以外，其余的都是募捐册和几册名人底介绍字迹。当差的引了一位穿洋服、留小胡子的客人进来，说："请坐一会儿，总理就出来。"客人坐下了。当差的进里面去，好像对着一个丫头说："去请大爷，外头有位黄先生要见他。"里面隐约听见一个女人底声音说："翠花，老爷在五太房间哪。"我们从这句话可以断定费总理底家庭是公鸡式的，他至少有五位太太，丫头还不算在内。其实这也算不了怎么一回事，在这个礼教之邦，又值一般大人物及当代政府提倡"旧道德"的时候，多纳几位"小星"，既足以增门第底光荣，又可以为敦伦之一助，有些少身家的人不娶姨太都要被人笑话，何况时时垫款出来办慈善事业的费总理呢！

已经过一刻钟了，客人正在左观右望的时候，主人费总理一面整理他底长褂，一面踏进客厅，连连作揖，说："失迎了，对不住，对不住！"黄先生自然要赶快答礼说："岂敢，岂敢。"宾主叙过寒暄，客人便言归正传，向总理说："鄙人在本乡也办了一个妇女慈善工厂，每听见人家称赞您老先生所办的民生妇女慈善习艺工厂成绩很好，所以今早特意来到，请老先生给介绍到贵工厂参观参观，其中一定有许多可以为敝厂模范的地方。"

总理底身材长短正合乎"读书人"底度数，体质底柔弱也很相称。他那副玄黄相杂的牙齿，很能表现他是个阔人。若不是一天抽了不少的鸦片，决不能使他底牙齿染出天地的正色来！他现出很谦虚的态度，对客人详述他创办民生女工厂的宗旨和最近发展的情形。从他底话里我们知道工厂底经费是向各地捐来的。女工们尽是乡间妇女。她们学的手艺都很平常，多半是织袜、花边、裁缝，那等轻巧的工艺。工厂底出品虽然很多，销路也很好，依理说应当赚钱，可是从总理底叙述上，他每年总要赔垫一万几千块钱！

总理命人打电话到工厂去通知说黄先生要去参观，又亲自写了几个字在他自己底名片上作为介绍他的证据。黄先生现出感谢的神气，站起来向主人鞠躬告辞，主人约他晚间回来吃便饭。

主人送客出门时，顺手把电扇底制钮转了，微细的风还可以使书架上那几本《孝经》之类一页一页地被吹起来，还落下去。主人大概又回到第几姨太房里抽鸦片去。客厅里顿然寂静了。不过上房

里好像有女人哭骂的声音，隐约听见"我是有夫之妇……你有钱也不成……"，其余的就听不清了。午饭刚完，当差的又引导了一位客人进来，递过茶，又到上房去回报说："二爷来了。"

二爷是与费总理交换兰谱的兄弟。实际上他比总理大三四岁，可是他自己一定要说少三两岁，情愿列在老弟底地位。这也许是因为他本来排行第二的缘故。他底脸上现出很焦急的样子，恨不能立时就见着总理。

这次总理却不教客人等那么久。他也没穿长褂，手捧着水烟筒，一面吹着纸捻，进到客厅里来。他说："二弟吃过饭没有？怎么这样着急？"

"大哥，咱们底工厂这一次恐怕免不了又有麻烦。不晓得谁到南方去报告说咱们都是土豪劣绅，听说他们来到就要查办咧。我早晨为这事奔走了大半天，到现在还没吃中饭哪。假使他们发现了咱们用民生工厂底捐款去办兴华公司，大哥，你有什么方法对付？若是教他们查出来，咱们不挨枪毙也得担个无期徒刑！"

总理像很有把握的神气，从容地说："二弟，别着急，先叫人开饭给你吃，咱们再商量。"他按电铃，叫人预备饭菜，接着对二爷说："你到底是胆量不大，些小事情还值得这么惊惶！'土豪劣绅'的名词难道还会加在慈善家底头上不成？假使人来查办，一领他们到这敦诗说礼之堂来看看，捐册、账本、褒奖状，件件都是来路分明，去路清楚，他们还能指摘什么？咱们当然不要承认兴华公司底资本就是民生工厂底捐款。世间没有不许办慈善事业的人兼办公司的道理，法律上也没有讲不过去的地方。"

"怕的是人家一查，查出咱们底款项来路分明，去路不清。我跟着你大哥办慈善事业，倒办出一身罪过来了，怎办，怎办？"二爷说得非常焦急。

"你别慌张，我对于这事早已有了对付的方法。咱们并没有直接地提民生工厂底款项到兴华公司去用。民生底款项本来是慈善性质，消耗了是当然的事体，只要咱们多划几笔账便可以敷衍过去。其实捐钱的人，谁来考查咱们底账目？捐一千几百块的，本来就冲着咱们底面子，不好意思不捐，实在他们也不是为要办慈善事业而捐钱，他们底钱一拿出来，早就存着输了几圈麻雀的心思，捐出去就算了。只要他们来到厂里看见他们底名牌高高地悬挂在会堂上头，他们就心满意足了。还有捐一百几十的'无名氏'，我们也可以从中想法子。在四五十个捐一百元的'无名氏'当中，我们可以只报出三四个，那捐款的人个个便会想着报告书上所记的便是他。这里岂不又可以挖出好些钱来？至于那班捐一块几毛钱的，他们要查账，咱们也得问问他们配不配。"

"然则工厂基金捐款的问题呢？"二爷又问。

"工厂底基金捐款也可以归在去年证券交易失败的账里。若是查到那一笔，至多是派咱们'付托失当，经营不善'这几个字，也担不上什么处分，更挂不上何等罪名。再进一步说，咱们底兴华公司，表面上岂不能说是为工厂销货和其他利益而设的？又公司底股东，自来就没有咱姓费的名字，也没你二爷底名字，咱底姨太开公司难道是犯罪行为？总而言之，咱们是名正言顺，请你不要慌张害怕。"他一面说，一面把水烟筒吸得哗罗哗罗地响。

二爷听他所说，也连连点头说："有理有理！工厂底事，咱们可以说对得起人家，就是查办，也管教他查出功劳来。……然而，大哥，咱们还有一桩案未了。你记得去年学生们到咱们公司去检货，被咱们底伙计打死了他们两个人，这桩案件，他们来到，一定要办的。昨天我就听见人家说，学生会已宣布了你、我底罪状，又要把什么标语、口号贴在街上。不但如此，他们又要把咱们伙计冒充日籍的事实揭露出来。我想这事比工厂底问题还要重大。这真是要咱们底身家、性命、道德、名誉咧。"

总理虽然心里不安，但仍镇静地说："那个事情，我已经拜托国仁向那边接洽去了，结果如何，虽不敢说定；但据我看来，也不

致于有什么危险。国仁在南方很有点势力，只要他向那边底当局为咱们说一句好话，咱们再用些钱，那就没有事了。"

"这一次恐怕钱有点使不上罢？他们以廉洁相号召，难道还能受贿赂？"

"咳！二弟你真是个老实人！世间事都是说的容易做的难。何况他们只是提倡廉洁政府，并没明说廉洁个人。政府当然是不会受贿赂的，历来的政府那一个受过贿呢？反正都是和咱们一类的人，谁不爱钱？只要咱们送得有名目，人家就可以要。你如心里不安，就可以立刻到国仁那里去打听一下，看看事情进行到什么程度。"

"那么，我就去罢。我想这一次用钱有点靠不住。"

总理自然愿意他立刻到国仁那里去打听。他不但可以省一顿客饭，并且可以得着那桩案件底最近消息。他说："要去还得快些去，饭后他是常出门的。你就在外头随便吃些东西罢。可恶的厨子，教他做一顿饭到大半天还没做出来！"他故意叫人来骂了几句，又吩咐给二爷雇车。不一会，车雇得了，二爷站起来顺便问总理说："芙蓉底事情和谐罢？恭喜你又添了一位小星。"总理听见他这话，脸上便现出不安的状态。他回答说："现在没有工夫和你细谈那事，回头再给你说罢。"他又对二爷说："你快去快回来，今晚上在我这里吃晚饭罢。我请了一位黄先生，正要你来陪。国仁有工夫，也请他来。"

二爷坐上车，匆匆地到国仁那里去了。总理没有送客出门，自己吸着水烟，回到上房。当差的进客厅里来，把桌上茶杯里底茶倒了，然后把它们搁在架上。客厅里现在又寂静了。我们只能从壁上底镜子里看见街上行人底反影；其中看见时髦的女人开着汽车从窗外经过，车上只坐着她底爱犬。很可怪的就是坐在汽车上那只畜生不时伸出头来向路人狂吠，表示它是阔人底狗！它底吠声在费总理底客厅里也可以听见。

时辰钟刚敲过三下，客厅里又热闹起来了。民生工厂底庶务长魏先生领着一对乡下夫妇进来，指示他们总理客厅里底陈设。乡下人看见当中二块匾就连想到他们底大宗祠里也悬着像旁边两块一样的东西，听说是皇帝赐给他们第几代的祖先的。总理客厅里底大小自鸣钟、新旧古董和一切的陈设，教他们心里想着就是皇帝金銮殿也不过是这般布置而已。

他们都坐下，老婆子不歇地摩挲放在身边的东西，心里有的是赞美。

魏先生对他们说："我对你们说，你们不信，现在理会了。我们底总理是个有身家有名誉的财主，他看中了芙蓉，就算你们两人底造化。她若嫁给总理做姨太，你们不但不愁没得吃的、穿的、住的，就是将来你们那个小狗儿要做一任县知事也不难。"

老头子说："好倒很好，不过芙蓉是从小养来给小狗儿做媳妇，若是把她嫁了，我们不免要吃她外家的官司。"

老婆子说："我们送她到工厂去也是为要使她学些手艺，好教我们多收些钱财；现在既然是总理财主要她，我们只得怨小狗儿没福气。总理财主如能吃得起官司，又保得我们底小狗儿做个营长、旅长，那我们就可以要一点财礼为他另娶一个回来。我说魏老爷呀，营长是不是管得着县知事？您方才说总理财主可以给小狗儿一个县知事做，我想还不如做个营长、旅长更好。现在做县知事的都要受气，听说营长还可以升到督办那。"

魏先生说："只要你们答应，天大的官司，咱们总理都吃得起。你看咱们总理几位姨太底亲戚没有一个不是当阔差事的。小狗儿如肯把芙蓉让给总理，那愁他不得着好差事！不说是营长、旅长，他要什么就得什么。"

老头子是个明理知礼的人，他虽然不大愿意，却也不敢违忤魏先生底意思。他说："无论如何，咱们两个老伙什是不能完全做主的。这个还得问问芙蓉，看她自己愿意不愿意。"

魏先生立时回答他说："芙蓉一定愿意。只要你们两个人答

应，一切的都好办了。她昨晚已在这里上房住一宿，若不愿意，她肯么？"

老头子听见芙蓉在上房住一宿就很不高兴。魏先生知道他底神气不对，赶快对他说明工厂里底习惯，女工可以被雇到厂外做活去。总理也有权柄调女工到家里当差，譬如翠花、菱花们，都是常留在家里做工的。昨晚上刚巧总理太太有点活要芙蓉来做，所以住了一宿，并没有别的缘故。

芙蓉底公姑请求叫她出来把事由说个明白，问她到底愿意不愿意。不一会，翠花领着芙蓉进到客厅里。她一见着两位老人家，便长跪在地上哭个不休。她嚷着说："我底爹妈，快带我回家去罢，我不能在这里受人家欺侮。……我是有夫之妇。我决不能依从他。他有钱也不能买我底志向。……"

她底声音可以从窗户传达到街上，所以魏先生一直劝她不要放声哭，有话好好地说。老婆子把她扶起来，她咒骂了一场，气泄过了，声音也渐渐低下去。

老婆子到底是个贪求富贵的人，她把芙蓉拉到身边，细声对她劝说，说她若是嫁给总理财主，家里就有这样好处，那样好处。但她至终抱定不肯改嫁，更不肯嫁给人做姨太的主意。她宁愿回家跟着小狗儿过日子。

魏先生虽然把她劝不过来，心里却很佩服她。老少喧嚷过会，芙蓉便随着她底公姑回到乡间去。魏先生把总理请出来，对他说那孩子很刁，不要也罢，反正厂里短不了比她好看的女人。总理也骂她是个不识抬举的贱人，说她昨夜和早晨怎样在上房吵闹。早晨他送完客，回到上房的时候，从她面前经过，又被她侮辱了一顿。若不是他一意要她做姨太，早就把她一脚踢死。他教魏先生回到工厂去，把芙容底名字开除，还教他从工厂底临时费支出几十块钱送给她家人，教他们不要播扬这事。

五点钟过了。几个警察来到费总理家底门房，费家底人个个都

捏着一把汗，心里以为是芙蓉同着她底公姑到警察厅去上诉，现在来传人了。警察们倒不像来传人的样子。他们只报告说："上头有话，明天欢迎总司令、总指挥，各家各户都得挂旗。"费家底大小这才放了心。

当差的说："前几天欢送大帅，你们要人挂旗；明天欢迎总司令，又要挂旗，整天挂旗，有什么意思？"

"这是上头底命令，我们只得照传。不过明天千万别挂五色国旗，现在改用海军旗做国旗。"

"那里找海军旗去？这都是你们警厅底主意，一会儿要人挂这样的旗，一会儿又要人挂那样的旗。"

"我们也管不了。上头说挂龙旗，我们便教挂龙旗；上头说挂红旗，我们也得照传，教挂红旗。"

警察叮咛一会，又往别家通告去了。客厅底大镜里已经映着街上一家新开张的男女理发所门口挂着两面二丈四长、垂到地上的党国大旗。那旗比新华门平时所用的还要大，从远地看来，几乎令人以为是一所很重要的行政机关。

掌灯的时候到了。费总理底客厅里安排着一席酒，是为日间参观工厂的黄先生预备的。还是庶务长魏先生先到。他把方才总理吩咐他去办的事情都办妥了。他又对总理说他已买了两面新的国旗。总理说他不该买新的，费那些钱，他说应当到估衣铺去搜罗。原来总理以为新的国旗可以到估衣铺去买。

二爷也到了。从他眉目的舒展可以知道他所得的消息是不坏的。他从袖里掏出几本书来，对费总理说："国仁今晚要搭专车到保定去接司令，不能来了。他教我把这几本书带来给你看。他说此后要在社会上做事，非能背诵这里头底字句不成。这是新颁的《圣经》，一点一画也不许人改易的。"

他虽然说得如此郑重，总理却慢慢地取过来翻了几遍。他在无意中翻出"民生主义"几个字，不觉狂喜起来，对二爷说："咱们

民生工厂不就是民生主义么？”

"有理有理。咱们底见解原先就和中山先生一致呵！”二爷又对总理说国仁已把事情办妥，前途大概没有什么危险。

总理把几本书也放在《孝经》、《治家格言》等书上头。也许客厅底那一个犄角就是他底图书馆！他没有别的地方藏书。

黄先生也到了，他对于总理所办的工厂十分赞美，总理也谦让了几句，还对他说他底工厂与民生主义的关系。黄先生越发佩服他是个当代的社会改良家兼大慈善家，更是总理底同志。他想他能与总理同席，是一桩非常荣幸可以记在参观日记上头、将来出版公布的事体。他自然也很羡慕总理底阔绰。心里想着，若不是财主，也做不了像他那样的慈善家。他心中最后的结论以为若不是财主，就没有做慈善家的资格。可不是！

宾主入席，畅快地吃喝了一顿，到十点左右，各自散去。客厅里现在只剩下几个当差的在那里收拾杯盘。器具摩荡的声音与从窗外送来那家新开张的男女理发所底留声机唱片底声音混在一起。

三博士

窄窄的店门外，贴着"承写履历"、"代印名片"、"当日取件"、"承印讣闻"等等广告。店内几个小徒弟正在忙着，踩得机轮轧轧地响。推门进来两个少年，吴芬和他底朋友穆君，到柜台上。

吴先生说："我们要印名片，请你拿样本来看看。"

一个小徒弟从机器那边走过来，拿了一本样本递给他，说："样子都在里头啦。请您挑罢。"

他和他的朋友接过样本来，约略翻了一遍。

穆君问："印一百张，一会儿能得吗？"

小徒弟说："得今晚来。一会儿赶不出来。"

吴先生说："那可不成，我今晚七点就要用。"

穆君说："不成，我们今晚要去赴会，过了六点，就用不着了。"

小徒弟说："怎么今晚那么些赴会的？"他说着，顺手从柜台上拿出几匣印得的名片，告诉他们："这几位定的名片都是今晚赴会用的，敢情您两位也是要赴那会去的罢。"

穆君同吴先生说："也许是罢。我们要到北京饭店去赴留美同学化装跳舞会。"

穆君又问吴先生说："今晚上还有大艺术家枚宛君博士吗？"

吴先生说："有他罢。"

穆君转过脸来对小徒弟说："那么，我们一人先印五十张，多给你些钱，马上就上版，我们在这里等一等。现在已经四点半了，半点钟一定可以得。"

小徒弟因为掌柜的不在家，踌躇了一会，至终答应了他们。他们于是坐在柜台旁底长凳上等着。吴先生拿着样本在那里有意无意地翻。穆君一会儿拿起白话小报看看，一会又到机器旁边看看小徒弟底工作。小徒弟正在撤版，要把他底名字安上去，一见穆君来到，便说："这也是今晚上要赴会用的，您看漂亮不漂亮？"他拿着一张名片递给穆君看。他看见名片上写的是"前清监生，民国待科俊士，美国鸟约克柯蓝卑阿大学特赠博士，前北京政府特派调查欧美实业专使随员，甄辅仁。"后面还印上本人底铜版造像：一顶外国博士帽正正地戴着，金鹦子垂在两个大眼镜正中间，脸模倒长得不错，看来像三十多岁的样子。他把名片拿到吴先生跟前，说："你看这人你认识吗？头衔倒不寒伧。"

吴先生接过来一看，笑说："这人我知道，却没见过。他哪里是博士，那年他当随员到过美国，在纽约住了些日子，学校自然没进，他本来不是念书的。但是回来以后，满处告诉人说凭着他在前清捐过功名，美国特赠他一名博士。我知道他这身博士衣服也是跟人借的。你看他连帽子都不会戴，把鹦子放在中间，这是那一国的礼帽呢？"

穆君说："方才那徒弟说他今晚也去赴会呢。我们在那时候一定可以看见他。这人现在干什么？"

吴先生说："没有什么事罢。听说他急于找事，不晓得现在有了没有。这种人有官做就去做，没官做就想办教育，听说他现在想当教员哪。"

两个人在店里足有三刻钟，等到小徒弟把名片焙干了，拿出来交给他们。他们付了钱，推门出来。

在街上走着，吴先生对他底朋友说："你先去办你底事，我有一点事要去同一个朋友商量，今晚上北京饭店见罢。"

穆君笑说："你又胡说了，明明为去找何小姐，偏要撒谎。"

吴先生笑说："难道何小姐就不是朋友吗？她约我到她家去一趟，有事情要同我商量。"

穆君说："不是订婚罢？"

"不，绝对不。"

"那么，一定是你约她今晚上同到北京饭店去，人家不去，你定要去求她，是不是？"

"不，不。我倒是约她来的，她也答应同我去。不过她还有话要同我商量，大概是属于事务的，与爱情毫无关系罢。"

"好吧，你们商量去，我们今晚上见。"

穆君自己上了电车，往南去了。

吴先生雇了洋车，穿过几条胡同，来到何宅。门役出来，吴先生给他一张名片，说："要找大小姐。"

仆人把他底名片送到上房去。何小姐正和她底女朋友黄小姐在妆台前谈话，便对当差的说："请到客厅坐罢，告诉吴先生说小姐正会着女客，请他候一候。"仆人答应着出去了。

何小姐对她朋友说："你瞧，我一说他，他就来了。我希望你喜欢他。我先下去，待一回再来请你。"她一面说，一面烫着她底头发。

她底朋友笑说："你别给我瞎介绍啦。你准知道他一见便倾心

么？"

"留学生回国，有些是先找事情后找太太的，有些是先找太太后谋差事的。有些找太太不找事，有些找事不找太太，有些什么都不找。像我底表哥辅仁他就是第一类的留学生。这位吴先生可是第二类的留学生。所以我把他请来，一来托他给辅仁表哥找一个地位，二来想把你介绍给他。这不是一举两得吗？他急于成家，自然不会很挑眼。"

女朋友不好意思搭腔，便换个题目问她说："你那位情人，近来有信吗？"

"常有信，他也快回来了。你说多快呀，他前年秋天才去的，今年便得博士了。"何小姐很得意地说。

"你真有眼。从前他与你同在大学念书的时候，他是多么奉承你呢。若他不是你底情人，我一定要爱上他。"

"那时候你为什么不爱他呢？若不是他出洋留学，我也没有爱他的可能。那时他多么穷呢，一件好衣服也舍不得穿，一顿饭也舍不得请人吃，同他做朋友面子上真是有点不好过。我对于他的爱情是这两年来才发生的。"

"他倒是装成的一个穷孩子。但他有特别的聪明，样子也很漂亮，这会儿回来，自然是格外不同了。我最近才听见人说他祖上好几代都是读书人，不晓得他告诉你没有。"

何小姐听了，喜欢得眼眉直动，把烫钳放在酒精灯上，对着镜子调理她底两鬓。她说："他一向就没告诉过我他底家世。我问他，他也不说。这也是我从前不敢同他交朋友的一个原因。"

她底朋友用手将将她脑后底头发，向着镜里底何小姐说："听说他家里也很有钱，不过他喜欢装穷罢了。你当他真是一个穷鬼吗？"

"可不是，他当出国的时候，还说他底路费和学费都是别人的呢。"

"用他父母底钱也可以说是别人的。"她底朋友这样说。

"也许他故意这样说罢。"她越发高兴了。

黄小姐催她说："头发烫好了，你快下去罢。关于他底话还多着呢。回头我再慢慢地告诉你。教客厅里那个人等久了，不好意思。"

"你瞧，未曾相识先有情。多停一会儿就把人等死了！"她奚落着她底女朋友，便起身要到客厅去。走到房门口正与表哥辅仁撞个满怀。表妹问："你急什么？险些儿把人撞倒！"

"我今晚上要化装做交际明星，借了这套衣服，请妹妹先给我打扮起来，看看时样不时样。"

"你到妈屋里去，教丫头们给你打扮罢。我屋里有客，不方便。你打扮好就到那边给我去瞧瞧。瞧你净以为自己很美，净想扮女人。"

"这年头扮女人到外洋也是博士待遇，为什么扮不得？"

"怕的是你扮女人，会受'游街示众'的待遇咧。"

她到客厅，便说："吴博士，久候了，对不起。"

"没有什么。今晚上你一定能赏脸罢。"

"岂敢。我一定奉陪。你瞧我都打扮好了。"

主客坐了，叙了些闲话。何小姐才说她有一位表哥甄辅仁现在没有事情，好歹在教育界给他安置一个地位。在何小姐方面，本不晓得她表哥在外洋到底进了学校没有。她只知道他是借着当随员的名义出国的。她以为一留洋回来，假如倒霉也可以当一个大学教授，吴先生在教育界很认识些可以为力的人，所以非请求他不可。在吴先生方面，本知道这位甄博士底来历，不过不知道他就是何小姐底表兄。这一来，他也不好推辞，因为他也有求于她。何小姐知道他有几分爱她，也不好明明地拒绝，当他说出情话的时候，只是笑而不答。她用别的话来支开。

她问吴博士说："在美国得博士不容易罢？"

"难极啦。一篇论文那么厚。"他比仿着，接下去说，"还要考英、俄、德、法几国文字，好些老教授围着你，好像审犯人一样。稍微差了一点，就通不过。"

何小姐心里暗喜，喜的是她底情人在美国用很短的时间，能够考上那么难的博士。

她又问："您写的论文是什么题目？"

"凡是博士论文都是很高深很专门的。太普通和太浅近的，不说写，把题目一提出来，就通不过。近年来关于中国文化的论文很时兴，西方人厌弃他们底文化，想得些中国文化去调和调和。我写的是一篇《麻雀牌与中国文化》。这题目重要极了。我要把麻雀牌在中国文化和世界文化地位介绍出来。我从中国经书里引出很多的证明，如《诗经》里'谁谓雀无角，何以穿我屋'的'雀'便是麻雀牌底'雀'。为什么呢？真的雀那里会有角呢？一定是麻雀牌才有八只角呀。'穿我屋'表示当时麻雀很流行，几乎家家都穿到的意思。可见那时候底生活很丰裕，像现在的美国一样。这个铁证，无论那一个学者都不能推翻。又如'索子'本是'竹子'，宁波音读'竹'为'索'，也是我考证出来的。还有一个理论是麻雀牌底名字是从'一竹'得来的。做牌的人把'一竹'雕成一只鸟底样子，没有学问的人便叫它做'麻雀'，其实是一只凤，取'鸣凤在竹'的意思。这个理论与我刚才说的雀也不冲突，因为凤凰是贵族的，到了做那首诗的时代，已经民众化了，变为小家雀了。此外还有许多别人没曾考证过的理论，我都写在论文里。您若喜欢念，我明天就送一本过来献献丑，请您指教指教。我写的可是英文。我为那论文花了一千多块美金。您看要在外国得个博士多难呀，又得花时间，又得花精神，又得花很多的金钱。"

何小姐听他说得天花乱坠，也不能评判他说的到底是对不对，只一味地称赞他有学问。她站起来，说："时候快到了，请你且等一等，我到屋里装饰一下就与你一同去。我还要介绍一位甜人给你。我想你一定会很喜欢她。"她说着便自出去了。吴博士心里直盼着认识那人。

她回到自己屋里，见黄小姐张皇地从她底床边走近前来。

"你放什么在我床里啦？"何小姐问。

"没什么"。

"我不信。"何小姐一面说一面走近床边去翻她底枕头。她搜出一卷筒的邮件，指着黄小姐说，"你还捣鬼！"

黄小姐笑说："这是刚才外头送进来的。所以把它藏在你底枕底，等你今晚上回来，可以得到意外的喜欢。我想那一定是你底甜心寄来的。"

"也许是他寄来的罢。"她说着，一面打开那卷筒，原来是一张文凭。她非常地喜欢，对着她底朋友说："你瞧，他底博士文凭都寄来给我了！多么好看的一张文凭呀，羊皮做的咧！"

她们一同看着上面底文字和金印。她底朋友拿起空筒子在那里摩挲着，显出是很羡慕的样子。

何小姐说："那边那个人也是一个博士呀，你何必那么羡慕我的呢？"

她底朋友不好意思，低着头尽管看那空筒子。

黄小姐忽然说："你瞧，还有一封信呢！"她把信取出来，递给何小姐。

何小姐把信拆开，念着：

最亲爱的何小姐：

　　我底目的达到，你底目的也达到了。现在我把这一张博士文凭寄给你。我底论文是《油炸脍与烧饼底成分》。这题目本来不难，然而在这学校里，前几年有位中国学生写了一篇《北京松花底成分》也得着博士学位；所以外国博士到底是不难得。论文也不必选很艰难的问题。

我写这论文的缘故都是为你，为得你底爱，现在你底爱教我在短期间得到，我底目的已达到了。你别想我是出洋念书，其实我是出洋争口气。我并不是没本领，不出洋本来也可以，无奈迫于你底要求，若不出来，倒显得我没有本领，并且还要冒个"穷鬼"的名字。现在洋也出过了，博士也很容易地得到了，这口气也争了，我底生活也可以了结了。我不是不爱你，但我爱的是性情，你爱的是功名；我爱的是内心，你爱的是外形，对象不同，而爱则一。然而你要知道人类所以和别的动物不同的地方便是在恋爱底事情上，失恋固然可以教他自杀，得恋也可以教他自杀。禽兽会因失恋而自杀，却不会在承领得意的恋爱滋味的时候去自杀，所以和人类不同。

别了，这张文凭就是对于我的纪念品，请你收起来。无尽情意，笔不能宣，万祈原有。

你所知的男子。

"呀！他死了！"何小姐念完信，眼泪直流，她不晓得怎办才好。

她底朋友拿起信来看，也不觉伤心起来，但还勉强劝慰她说："他不致于死的，这信里也没说他要自杀，不过发了一片牢骚而已。他是恐吓你的，不要紧，过几天，他一定再有信来。"

她还哭着，钟已经打了七下，便对她底朋友说："今晚上底跳舞会，我懒得去了。我教表哥介绍你给吴先生罢。你们三个人去得啦。"

她教人去请表少爷。表少爷却以为表妹要在客厅看他所扮的时装，便摇摆着进来。

吴博士看见他打扮得很时髦，脸模很像何小姐。心里想这莫不是何小姐所要介绍的那一位。他不由得进前几步深深地鞠了一躬，问："这位是……？"

辅仁见表妹不在，也不好意思。但见他这样诚恳，不由得到客厅门口底长桌上取了一张名片进来递给他。

他接过去，一看是"前清监生，民国特科俊士，美国鸟约克柯蓝卑阿大学特赠博士，前北京政府特派调查欧美实业专使随员，甄辅仁。"

"久仰，久仰。"

"对不住，我是要去赴化装跳舞会的，所以扮出这个怪样来，取笑，取笑。"

"岂敢，岂敢。美得很。"

（原载《解放者》1933年4月，星云堂书店）

街头巷尾之伦理

　　在这城市里，鸡声早已断绝，破晓的声音，有时是骆驼底铃铛，有时是大车底轮子。那一早晨，胡同里还没有多少行人，道上底灰土蒙着一层青霜，骡车过处，便印上蹄痕和轮迹。那车上满载着块煤，若不是加上车夫底鞭子，合着小驴和大骡底力量，也不容易拉得动。有人说，做牲口也别做北方底牲口，一年有大半年吃的是干草，没有歇的时候，有一千斤的力量，主人最少总要它拉够一千五百斤，稍一停顿，便连鞭带骂。这城底人对于牲口好像还没有想到有什么道德的关系，没有待遇牲口的法律，也没有保护牲口的会社。骡子正在一步一步使劲拉那重载的煤车，不提防踩了一蹄柿子皮，把它滑倒，车夫不问情由挥起长鞭，没头没脸地乱鞭，嘴里不断地骂它底娘，它底姐妹。在这一点上，车夫和他底牲口好像又有了人伦的关系。骡子喘了一会气，也没告饶，挣扎起来，前头那匹小驴帮着它，把那车慢慢地拉出胡同口去。

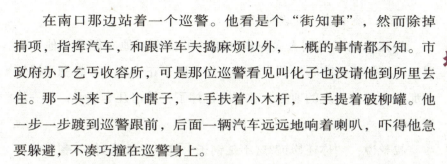

在南口那边站着一个巡警。他看是个"街知事"，然而除掉捐项，指挥汽车，和跟洋车夫捣麻烦以外，一概的事情都不知。市政府办了乞丐收容所，可是那位巡警看见叫化子也没请他到所里去住。那一头来了一个瞎子，一手扶着小木杆，一手提着破柳罐。他一步一步踱到巡警跟前，后面一辆汽车远远地响着喇叭，吓得他急要躲避，不凑巧撞在巡警身上。

巡警骂他说："你这东西又脏又瞎，汽车快来了，还不快往胡同里躲！"幸而他没把手里那根"尚方警棍"加在瞎子头上，只挥着棍子叫汽车开过去。

瞎子进了胡同口，沿着墙边慢慢地走。那边来了一群狗，大概是追母狗的。它们一面吠，一面咬，冲到瞎子这边来。他底拐棍在无意中碰着一只张牙裂嘴的公狗，被它在腿上咬了一口。他摩摩大腿，低声骂了一句，又往前走。

"你这小子，可教我找着了。"从胡同底那边迎面来了一个人，远远地向着瞎子这样说。

那人底身材虽不很魁梧，可也比得胡同口"街知事"。据说他也是个老太爷身份，在家里刨掉灶王爷，就数他大，因为他有很多下辈供养他。他住在鬼门关附近，有几个子侄，还有儿媳妇和孙子。有一个儿子专在人马杂沓的地方做扒手。有一个儿子专在娱乐场或戏院外头假装寻亲不遇，求帮于人。一个儿媳妇带着孙子在街上捡煤渣，有时也会利用孩子偷街上小摊底东西。这瞎子，他底侄儿，却用"可怜我瞎子……"这套话来生利。他们照例都得把所得的财物奉给这位家长受用；若有怠慢，他便要和别人一样，拿出一条伦常底大道理来谴责他们。

瞎子已经两天没回家了。他蓦然听见叔叔骂他的声音，早已吓得魂不附体。叔叔走过来，拉着他底胳臂，说："你这小子，往那里跑？"瞎子还没回答，他顺手便给他一拳。

瞎子"哟"了一声，哀求他叔叔说："叔叔别打，我昨天一天

还没吃的，要不着，不敢回家。"

叔叔也用了骂别人底妈妈和姐妹的话来骂他底侄子。他一面骂，一面打，把瞎子推倒，拳脚交加。瞎子正坐在方才教骡子滑倒的那几个烂柿子皮的地方。破柳罐也摔了，掉出几个铜元，和一块干面包。

叔叔说："你还撒谎？这不是铜子？这不是馒头？你有剩下的，还说昨天一天没吃，真是该揍的东西。"他骂着，又连踢带打了一会儿。

瞎子想是个忠厚人，也不会抵抗，只会求饶。

路东五号底门开了。一个中年的女人拿着药罐子到街心，把药渣子倒了。她想着叫往来的人把吃那药的人底病带走，好像只要她底病人好了，叫别人病了千万个也不要紧。她提着药罐，站在街门口看那人打他底瞎侄儿。

路西八号底门也开了。一个十三四岁的黄脸丫头，提着脏水桶，望街上便泼。她泼完，也站在大门口瞧热闹。

路东九号出来几个人，路西七号也出来几个人，不一会，满胡同两边都站着瞧热闹的人们。大概同情心不是先天的本能，若不然，他们当中怎么没有一个人走来把那人劝开？难道看那瞎子在地上呻吟，无力抵抗，和那叔叔凶恨恶煞的样子，够不上动他们底恻隐之心么？

瞎子嚷着救命，至终没人上前去救他。叔叔见有许多人在两旁看他教训着坏子弟，便乘机演说几句。这是一个演说时代，所以"诸色人等"都能演说。叔叔把他底侄儿怎样不孝顺，得到钱自己花，有好东西自己吃的罪状都布露出来。他好像理会众人以他所做的为合理，便又将侄儿恶打一顿。

瞎子底枯眼是没有泪流出来的，只能从他底号声理会他底痛楚。他一面告饶，一面伸手去摸他底拐棍。叔叔快把拐棍从地上捡起来，就用来打他。棍落在他底背上发出一种霍霍的声音，显得他全身都是骨头。叔叔说："好，你想逃？你逃到那里去？"说完，又使劲地打。

街坊也发议论了。有些说该打，有些说该死，有些说可怜，有些说可恶。可是谁也不愿意管闲事，更不愿意管别人底家事，所以只静静地站在一边，像"观礼"一样。

叔叔打够了，把地下两个大铜子捡起来，问他："你这些铜子儿都是从哪里来的？还不说！"

瞎子那些铜子是刚在大街上要来的，但也不敢申辩，由着他叔叔拿走。

胡同口底大街上，忽然过了一大队军警。听说早晨司令部要枪毙匪犯。胡同里方才站着瞧热闹的人们，因此也冲到热闹的胡同去。他们看见大车上绑着的人。那人高声演说，说他是真好汉，不怕打，不怕杀，更不怕那班临阵扔抢的丘八。围观的人，也像开国民大会一样，有喝采的，也有拍手的。那人越发高兴，唱几句《失街亭》，说东道西，一任骡子慢慢地拉着他走。车过去了，还有很多人跟着，为的是要听些新鲜的事情。文明程度越低的社会，对于游街示众、法场处死、家小拌嘴、怨敌打架等事情，都很感得兴趣，总要在旁助威，像文明程度高的人们在戏院、讲堂、体育场里助威和喝采一样。说"文明程度低"一定有人反对，不如说"古风淳厚"较为堂皇些。

胡同里底人，都到大街上看热闹去了。这里，瞎子从地下爬起来，全身都是伤痕。巡警走来说他一声"活该"！

他没说什么。

那边来了一个女人，戴着深蓝眼镜，穿着淡红旗袍，头发烫得像石狮子一样。从跟随在她后面那位抱着孩子的灰色衣帽人看来，知道她是个军人底眷属。抱小孩的大兵，在地下捡了一个大子。那原是方才从破柳罐里摔出来的。他看见瞎子坐在道边呻吟，就把捡得的铜子扔给他。

"您积德修好哟！我给您磕头啦！"是瞎子谢他的话。

他在这一个大子的恩惠以外，还把道上底一大块面包头踢到瞎子跟前，说："这地上有你吃的东西。"他头也不回，洋洋地随着他底女司令走了。

瞎子在那里摩着块干面包，正拿在手里，方才咬他的那只饿狗来到，又把它抢走了。

"街知事"站在他底岗位，望着他说："瞧，活该！"

（原载《解放者》1933年4月，星云堂书店）

归　途

　　她坐在厅上一条板凳上头，一手支颐，在那里纳闷。这是一家佣工介绍所。已经过了糖瓜祭灶的日子，所有候工的女人们都已回家了，惟独她在介绍所里借住了二十几天，没有人雇她，反欠下媒婆王姥姥十几吊钱。姥姥从街上回来，她还坐在那里，动也不动一下，好像不理会的样子。

　　王姥姥走到厅上，把买来的年货放在桌上，一面把她底围脖取下来，然后坐下，喘几口气。她对那女人说："我说，大嫂，后天就是年初一，个人得打个人底主意了。你打算怎办呢？你可不能在我这儿过年，我想你还是先回老家，等过了元宵再来罢。"

　　她蓦然听见王姥姥这些话，全身直像被冷水浇过一样，话也说不出来。停了半晌，眼眶一红，才说："我还该你的钱哪。我身边一个大子也没有，怎能回家呢？若不然，谁不想回家？我已经十一二年没回家了。我出门的时候，我底大妞儿才五岁，这么

些年没见面，她爹死，她也不知道，论理我早就该回家看看。无奈……"她底喉咙受不了伤心底冲激，至终不能把她底话说完，只把泪和涕补足她所要表示的意思。

王姥姥虽想撺她，只为十几吊钱的债权关系，怕她一去不回头，所以也不十分压迫她。她到里间，把身子倒在冷炕上头，继续地流她底苦泪。净哭是不成的，她总得想法子。她爬起来，在炕边拿过小包袱来，打开，翻翻那几件破衣服。在前几年，当她随着丈夫在河南一个地方底营盘当差的时候，也曾有过好几件皮袄。自从编遣底命令一下，凡是受编遣的就得为他底职业拚命。她底丈夫在郑州那一仗，也随着那位总指挥亡于阵上。败军底眷属在逃亡的时候自然不能多带行李。她好容易把些少细软带在身边，日子就靠着零当整卖这样过去。现在她什么都没有了，只剩下当日丈夫所用的一把小手枪和两颗枪子。许久她就想把它卖出去，只是得不到相当的人来买。此外还有丈夫剩下的一件军装大氅和一顶三块瓦式的破皮帽。那大氅也就是她底被窝，在严寒时节，一刻也离不了它。她自然不敢教人看见她有一把小手枪，拿出看一会儿，赶快地又藏在那件破大氅底口袋里头。小包袱里只剩下几件破衣服，卖也卖不得，吃也吃不得。她叹了一声，把它们包好，仍旧支着下巴颏纳闷。

黄昏到了，她还坐在那冷屋里头。王姥姥正在明间做晚饭，忽然门外来了一个男人。看他穿的那件镶红边的蓝大褂，可以知道他是附近一所公寓听差。那人进了屋里，对王姥姥说："今晚九点左右去一个。"

"谁要呀？"王姥姥问。

"陈科长。"那人回答。

"那么，还是找惊喜去罢。"

"谁都成，可别误了。"他说着，就出门去了。

她在屋里听见外边要一个人，心里暗喜说，天爷到底不绝人底生路，在这时期还留给她一个吃饭的机会。她走出来，对王姥姥说："姥姥，让我去罢。"

"你那儿成呀？"王姥姥冷笑着回答她。

"为什么不成呀？"

"你还不明白吗？人家要上炕的。"

"怎样上炕呢？"

"说是呢！你一点也不明白！"王姥姥笑着在她底耳边如此如彼解释了些话语，然后说："你就要，也没有好衣服穿呀。就使有好衣服穿，你也得想想你底年纪。"

她很失望地走回屋里。拿起她那缺角的镜子到窗边自己照着。可不是！她底两鬓已显出很多白发，不用说额上底皱纹，就是颧骨也突出来像悬崖一样了。她不过是四十二三岁人，在外面随军，被风霜磨尽她底容光；黑滑的发髻早已剪掉，剩下的只有满头短乱的头发。剪发在这地方只是太太、少奶、小姐们底时装，她虽然也当过使唤人的太太，可是要给人佣工，这样的装扮就很不合适。这也许是她找不着主的缘故罢。

王姥姥吃完晚饭就出门找人去了。姥姥那套咬耳朵的话倒启示了她一个新意见。她拿着那条冻成一片薄板样的面布，到明间白炉子上坐着那盆热水烫了一下。她回到那里，把自己底脸匀匀地擦了一回，瘦脸果然白净了许多。她打开炕边一个小木匣、拿起一把缺齿的木梳，拢拢头发，脂粉也没了，只剩下些少填满了匣子底四个犄角。她拿出匣子里底东西，用一根簪子把那些不很白的剩粉剔下来，倒在手上，然后望脸上抹。果然还有三分姿色，她底心略为开了。她出门口去偷偷地把人家刚贴上的春联撕下一块，又到明间把灯罩积着的煤烟刮下来。她蘸湿了红纸来涂两腮和嘴唇，用煤烟和着一些头油把两鬓和眼眉都涂黑了。这一来，已有了六七分姿色。心里想着她满可以做"上炕"的话。

王姥姥回来了。她赶紧迎出来。问她，她好看不好看。王姥姥

大笑说："这不是老妖精出现么！"

"难看么？"

"难看倒不难看，可是我得找一个五六十岁的人来配你。那儿找去？就使有老头儿，多半也是要大姑娘的，我劝你死心罢，你就是到下处去，也没人要。"

她很失望地回到屋里来，两行热泪直流出来。滴在炕席上不久就凝结了。没廉耻的事情，若不是为饥寒所迫，谁愿意干呢？若不是年纪大一点，她自然也会做那生殖机能底买卖。

她披着那件破大氅，躺在炕上，左思右想，总得不着一个解决的方法。夜长梦短，她只睁着眼睛等天亮。

二十九那天早晨，她也没吃什么，把她丈夫留下的那顶破皮帽戴上，又穿上那件大氅，乍一看来，可像一个中年男子。她对王姥姥说："无论如何，我今天总得想个法子得一点钱来还你。我还有一两件东西可以当当，出去一下就回来。"王姥姥也没盘问她要当的是什么东西，就满口答应了她。

她到大街上一间当铺去，问伙计说："我有一件军装，您柜上当不当呀？"

"什么军装？"

"新式的小手枪。"

她说时从口袋里掏出那把手枪来。掌柜的看见她掏枪，吓得赶紧望柜下躲。她说："别怕，我是一个女人，这是我丈夫留下的。明天是年初一，我又等钱使，您就当周全我，当几块钱使使罢。"

伙计和掌柜的看她并不像强盗，接过手枪来看看。他们在铁槛里唧唧咕咕地商谈了一会儿。最后由掌柜的把枪交回她，说："这东西柜上可不敢当。现在四城底军警查得严，万一教他们知道了。我们还要担干系。你拿回去罢。你拿着这个，可得小心。"掌柜的是个好人，才肯这样地告诉她，不然他早已按警铃叫巡警了。无论她怎样求，这买卖，柜上总不敢做，她没奈何只得垂着头出来，幸而好旁边没有暗探和别人，所以没有人注意。

她从一条街走过一条街，进过好几家当铺也没有当成。她也有一点害怕了。一件危险的军器藏在口袋里，当又当不出去，万一给人知道，可了不得。但是没钱，怎好意思回到介绍所去见王姥姥呢？她一面走一面想，最后决心地说，不如先回家再说罢。她底村庄只离西直门四十里地，走路半天就可以到。她到西四牌楼，还进过一家当铺，还是当不出去，不由得带着失望出了西直门。

她走到高亮桥上，站了一会。在北京，人都知道有两道桥是穷人底去路，犯法的到天桥，活腻了的到高亮桥来。那时正午刚过，天本来就阴暗，间中又飘了些雪花。桥底水都冻了，在河当中，流水隐约地在薄冰底下流着。她想着，不站了罢，还是望前走好些。她有了主意，因为她想起那十二年未见面的大妞儿现在已到出门的时候了，不如回家替她找个主儿，一来得些财礼，二来也省得累赘。一身无妨碍，要往前走也方便些。自她丈夫被调到郑州以后，两年来就没有信寄回乡下。家里底光景如何，女儿的前程怎样，她自己都不晓得。可是她自打定了回家嫁女儿的主意以后，好像前途上又为她露出了一点光明，她于是带着希望在向着家乡的一条小路走着。

雪下大了。荒凉的小道上，只有她低着头慢慢的走，心里想着她底计划。迎面来了一个青年妇人，好像是赶进城买年货的。她戴着一顶宝蓝色的帽子，帽上还安上一片孔雀翎；穿上一件桃色的长棉袍；脚底下穿着时式的红绣鞋。这青年的妇女从她身边闪过去，招得她回头直望着她。她心里想，多么漂亮的衣服呢，若是她底大妞儿有这样一套衣服，那就是她底嫁妆了。然而她那里有钱去置这样时样的衣服呢？她心里自己问着，眼睛直盯在那女人底身上。那女人已经离开她四五十步远近，再拐一个弯就要看不见了。她看四围一个人也没有，想着不如抢了她的，带回家给大妞儿做头面。这个念头一起来，使她不由回头追上前去，用粗厉的声音喝着："大

姑娘，站住！你那件衣服借我使使罢。"那女人回头看见她手里拿着枪，恍惚是个军人，早已害怕得话都说不出来；想要跑，腿又不听使，她只得站住，问："你要什么？"

"我什么都不要。快把衣服、帽子、鞋，都脱下来。身上有钱都得交出来；手镯、戒指、耳环，都得交我。不然，我就打死你。快快，你若是嚷出来，我不饶你。"那女人看见四围一个人也没有，嚷出来又怕那强盗真个把她打死，不得已便照她所要求的一样一样交出来。她把衣服和财物一起卷起来，取下大氅底腰带束上，往北飞跑。那女人所有的一切东西都给剥光了，身上只剩下一套单衣裤。她坐在树根上直打哆嗦。差不多过了二十分钟，才有一个骑驴的人从那道上经过。女人见有人来，这才嚷救命。驴儿停住了。那人下驴，看见她穿着一身单衣裤。问明因由，便仗着义气说："大嫂，你别伤心，我替你去把东西追回来。"他把自己披着的老羊皮筒脱下来扔给她，"你先披着这个罢，我骑着驴去追她，一会儿就回来，那兔强盗一定走得不很远，我一会儿就回来，你放心罢。"他说着，鞭着小驴便望前跑。

她已经过了大钟寺，气喘喘地冒着雪在小道上窜。后面有人追来，直嚷："站住，站住！"她回头看看，理会是来追她的人，心里想着不得了，非与他拼命不可。她于是拿出小手枪来，指着他说："别来，看我打死你。"她实在也不晓得要怎办，并且把枪比仿着。驴上底人本来是赶脚的，他底年纪才二十一岁，血气正强，看见她拿出枪来。一点也不害怕，反说："瞧你，我没见过这么小的枪。你是从市场里底玩意铺买来瞎蒙人，我才不怕哪。你快把人家底东西交给我罢；不然，我就把你捆上，送司令部，枪毙你。"

她听着一面望后退，但驴上底人节节迫近前，她正在急的时候，手指一攀，无情的枪子正穿过那人底左胸，那人从驴背掉下来，一声不响，轻轻地摊在地上，这是她第一次开枪，也没瞄准，怎么就打中了！她几乎不信那驴夫是死了，她觉得那枪底响声并不

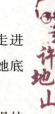

大，真像孩子们所玩的一样，她慌得把枪扔在地上，急急地走进前，摩那驴夫胸口，"呀，了不得！"她惊慌地嚷出来，看着她底手满都是血。

她用那驴夫衣角擦净她底手，赶紧把驴拉过来。把刚才抢得的东西挟上驴背，使劲一鞭，又望北飞跑。

一刻钟又过去了。这里坐在树底下披着老羊皮的少妇直等着那驴夫回来。一个剃头匠挑着担子来到跟前。他也是从城里来，要回家过年去。一看见路边坐着的那个女人，便问："你不是刘家底新娘子么？怎么大雪天坐在这里？"女人对他说，刚才在这里遇着强盗，把那强盗穿的什么衣服，什么样子，一一告诉他。她又告诉他本是要到新街口去买些年货，身边有五块现洋，都给抢走了。

这剃头匠本是她邻村底人。知道她新近才做新娘子。她底婆婆欺负她外家没人，过门不久便虐待她到不堪的地步。因为要过年，才许她穿戴上那套做新娘时的衣帽；交给她五块钱。教她进城买东西。她把钱丢了，自然交不了差，所以剃头匠便也仗着义气，允许上前追盗去。他说："你别着急，我去看看到底怎么一回事。"他说着，把担子放在女人身边，飞跑着望北去了。

剃头匠走到刚才驴夫丧命的地方，看见地下躺着一个人。他俯着身子，摇一摇那尸体，惊惶地嚷着："打死人了！闹人命了！"他还是望前追。从田间底便道上赶上来一个巡警。郊外底巡警本来就很少见，这一次可碰巧了。巡警下了斜坡，看见地下死了一个人，心里断定是前头跑着的那人干的事。他于是大声叫着："站住！往那里跑呢？你？"

他蓦然听见有人在后面叫，回头看是个巡警，就住了脚。巡警说："你打死人，还望那里跑？"

"不是我打死的。我是追强盗的。"

"你就是强盗，还追谁呀？得，跟我到派出所回话去。"巡警要把他带走。他多方地分辩，也不能教巡警相信他。

他说："南边还有一个大嫂在树底下等着呢。我是剃头匠，我底担子还撂在那里呢。你不信，跟我去看看。"

巡警不同他去追贼，反把他抓住，说："你别废话啦，你就是现行犯，我亲眼看着，你还赖什么？跟我走罢。"他一定要把剃头的带走。剃头匠便求他说："难道我空手就能打死人吗？您当官明理，也可以知道我不是凶手。我又不抢他底东西，我为什么打死他呀？"

"哼，你空手？你不会把枪扔掉的？我知道你们有什么冤仇呢？反正你得到所里分会去。"巡警忽然看见离尸体不远处有一把浮现在雪上的小手枪。于是近前去，用法绳把它拴起来，回头向那人说："这不就是你底枪吗？还有什么可说么？"他不容分诉，便把剃头匠带往西去。

这抢东西的女人，骑在驴上飞跑着，不觉过了清华园三四里地。她想着后面一定会有人来追，于是下了驴，使劲给它一鞭；空驴望北一直地跑，不一会就不见了。她抱着那卷脏物，上了斜坡，穿入那四围满是稠密的杉松的墓田里。在坟堆后面歇着，她慢慢地打开那件桃色的长袍，看看那宝蓝色孔雀翎帽，心里想着若是给大妞儿穿上，必定是很时样。她又拿起手镯和戒指等物来看，虽是银的，可是手工很好，决不是新打的。正在翻弄，忽然像感触到什么一样，她盯着那银镯子，像是以前见过的花样，那不是她底嫁妆吗？她越看越真，果然是她二十多年前出嫁时陪嫁的东西，因为那镯上有一个记号是她从前做下的。但是怎么流落在那女人手上呢？这个疑问很容易使她想那女人莫不就是她底女儿。那东西自来就放在家里，当时随丈夫出门的时候，婆婆不让多带东西，公公喜欢热闹，把大妞儿留在身边。不到几年两位老亲相继去世。大妞儿由她底婶婶抚养着，总有五六年的光景。

她越回想越着急，莫不是就抢了自己底大妞儿？这事她必要根究到底。她想着若带回家去，万一就是她女儿底东西，那又多么难为情！她本是为女儿才做这事来。自不能教女儿知道这段事情。想来想去，不如送回原来抢她的地方。

她又望南，紧紧地走。路上还是行人稀少，走到方才打死的驴夫那里，她底心惊跳得很厉害。那时雪下得很大，几乎把尸首掩没了一半。她想万一有人来，认得她，又怎么办呢？想到这里，又要回头望北走。踌躇了许久，至终把她那件男装大氅和皮帽子脱下来一起扔掉，回复她本来的面目，带着那些东西望南迈步。

她原是要把东西放在树下过一夜，希望等到明天，能够遇见原主回来。再假说是从地下捡起来的。不料她刚到树下，就见那青年的妇人还躺在那里，身边放着一件老羊皮和一挑剃头担子，她不明白是什么意思。只想着这个可给她一个机会去认认那女人是不是她底大妞儿。她不顾一切把东西放在一边，进前几步，去摇那女人。那时天已经黑了，幸而雪光映着，还可以辨别远近。她怎么也不能把那女人摇醒，想着莫不是冻僵了？她捡起羊皮给她盖上，当她底手摩到那女人脖子的时候，触着一样东西，拿起来看，原来是一把剃刀。这可了不得，怎么就抹了脖子啦？她抱着她底脖子也不顾得害怕，从雪光中看见那幅清秀的脸庞，虽然认不得，可有七八分像她初嫁时的模样。她想起大妞儿底左脚有个骈趾，于是把那尸体底袜子除掉，试摩着看。可不是！她放声哭起来。"儿呀"、"命呀"杂乱地喊着。人已死了，虽然夜里没有行人，也怕人听见她哭，不由得把声止住。

东村稀落的爆竹断续地响，把这除夕在凄凉的情境中送掉。无声的银雪还是飞满天地，老不停止。

第二天就是元旦，巡警领着检查官从北来。他们验过驴夫底尸，带着那剃头的来到树下。巡警在昨晚上就没把剃头匠放出来，也没来过这里，所以那女人用剃刀抹脖子的事情，他们都不知道。

他们到树底下，看见剃头担子放在那里，已被雪埋了一二寸。那边一个四十多岁的女人搂着剃头匠所说被劫的新娘子。雪几乎把

她们埋没了。巡警进前摇她们，发现两个底脖子上都有刀痕。在积雪底下搜出一把剃刀。新娘子底桃色长袍仍旧穿得好好地；宝蓝色孔雀翎帽仍旧戴着；红绣鞋仍旧穿着。在不远地方的雪里，检出一顶破皮帽，一件灰色的破大氅。一班在场的人们都莫名其妙。面面相看，静默了许久。

（原载1931年《小说月报》22卷6号）

许地山

小说精品

【第三辑】

无忧花

加多怜新近从南方回来，因为她父亲刚去世，遗下很多财产给她几位兄妹。她分得几万元现款和一所房子。那房子很宽，是她小时跟着父亲居住过的。很多可记念的交际会都在那里举行过，所以她宁愿少得五万元，也要向她哥哥换那房子。她底丈夫朴君，在南方一个县里教育机关当一份小差事。所得薪俸虽不很够用，幸赖祖宗给他留下一点产业，还可以勉强度过日子。

自从加多怜沾着新法律底利益，得了父亲这笔遗产，她便嫌朴君所住的地方闭塞简陋，没有公园、戏院，没有舞场，也没有够得上与她交游的人物。在穷乡僻壤里，她在外洋十年间所学的种种自然没有施展的地方。她所受的教育使她要求都市底物质生活，喜欢外国器用，羡慕西洋人底性情。她底名字原来叫做黄家兰，但是偏要译成英国音义，叫加多怜伊罗。由此可知她的崇拜西方的程度。这次决心离开她丈夫，为的恢复她底都市生活，她把那旧房子修改成中西混合的形式，想等到布置停当才为朴君在本城运动一官半职，希望能够在这里长住下去。

她住的正房已经布置好了。现在正计划着一个游泳池，要将西花园那五间祖祠来改造。两间暗间改做更衣室，把神龛挪进来，改做放首饰、衣服和其它细软的柜子，三间明间改做池子。瓦匠已经把所有的神主都取出来放在一边。还有许多人在那里，搬神龛的搬神龛，起砖的起砖，掘土的掘土。已经工作了好些时，她才来看看。她走到房门口，便大声嚷："李妈，来把这些神主拿走。"

李妈是个三十岁左右的少妇，长得还不丑，是她父亲用过的人。她问加多怜要把那些神主搬到那里去。加多怜说："爱搬那儿搬那儿。现在不兴拜祖先了，那是迷信。你拿到厨房当劈柴烧了罢。"她说："这可造孽，从来就没有人烧过神主，您还是挑一间空屋子把它们搁起来罢。或者送到大少爷那里也比烧了强。"加多怜说："大爷也不一定要它们。他若是要，早就该搬走。反正我是不要它们了，你要送到大爷那里就送去。若是他也不要，就随你怎样处置，烧了也成，埋了也成，卖了也成。那上头底金底还可以值几十块，你要是把它们卖了，换几件好衣服穿穿，不更好吗？"她答应着，便把十几座神主放在篮里端出去了。

加多怜把话吩咐明白，随即回到自己底正房。房间也是中西混合型。正中一间陈设的东西更是复杂，简直和博物院一样。在这边安排着几件魏、齐造像，那边又是意、法底裸体雕刻。壁上挂的，一方面是香光、石庵底字画，一方面又是什么表现派后期印象派底油彩。一边挂着先人留下来的铁笛玉笙，一边却放着皮安奥与梵欧林。这就是她底客厅。客厅底东西厢房边边是她底卧房和装饰室，一边是客房，所有的设备都是现代化的。她从客厅到装饰室，便躺在一张软床上，看看手表已过五点，就按按电铃，顺手点着一支纸烟。一会，陈妈进来。她说："今晚有舞局，你把我那新做的舞衣拿出来，再打电话叫裁缝立刻把那套蝉纱衣服给送来。回头来侍候

洗澡。"陈妈一一答应着便即出去。

她洗完澡出来，坐在妆台前，涂脂抹粉，足够半点钟工夫。陈妈等她装饰好了，便把衣服披在她身上。她问："我这套衣服漂亮不漂亮？"陈妈说："这花了多少钱做的？"她说："这双鞋合中国钱六百块，这套衣服是一千。"陈妈才显出很赞羡的样子说："那么贵，敢情漂亮啦。"加多怜笑她不会鉴赏，对她解释那双鞋和那套衣服会这么贵和怎样好看的缘故，但她都不懂得。她反而说："这件衣服就够我们穷人置一两顷地。"加多怜说："地有什么用呢？反正有人管你吃的穿的用的就得啦。"陈妈说："这两三年来，太太小姐们穿得越发讲究了，连那位黄老太太也穿得花花绿绿地。"加多怜说："你们看得不顺眼吗？这也不希奇。你晓得现在娘们都可以跟爷们一样，在外头做买卖，做事和做官；如果打扮得不好，人家一看就讨嫌，什么事都做不成了。"她又笑着说："从前的女人，未嫁以前是一朵花，做了妈妈就成了一个大倭瓜。现在可不然，就是八十岁老太太也得打扮得像小姑娘一样才好。"陈妈知道她心里很高兴，不再说什么，给她披上一件外衣，便出去叫车夫伺候着。

加多怜在软床上坐着等候陈妈底回报，一面从小桌上取了一本洋文的美容杂志，有意无意地翻着。一会儿李妈进来说："真不凑巧，您刚要出门，邸先生又来了。他现时在门口等着，请进来不请呢？"加多怜说："请他这儿来罢。"李妈答应了一声，随即领着邸力里亚进来。邸力里亚是加多怜在纽约留学时所认识的西班牙朋友，现时在领事馆当差。自从加多怜回到这城以来，他几乎每个星期都要来好几次。他是一个很美丽的少年，两撇小胡映着那对像电光闪烁的眼睛。说话时那种浓烈的表情，乍一看见，几乎令人想着他是印度欲天或希拉伊罗斯底化身。他一进门，便直趋到加多怜面前，抚着她底肩膀说："达灵，你正要出门吗？我要同你出去吃晚饭，成不成？"加多怜说："对不住，今晚我得去赴林市长底宴

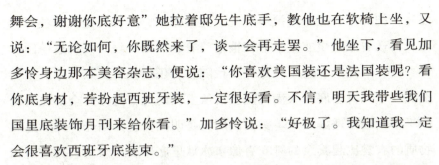

舞会，谢谢你底好意"她拉着邸先牛底手，教他也在软椅上坐，又说："无论如何，你既然来了，谈一会再走罢。"他坐下，看见加多怜身边那本美容杂志，便说："你喜欢美国装还是法国装呢？看你底身材，若扮起西班牙装，一定很好看。不信，明天我带些我们国里底装饰月刊来给你看。"加多怜说："好极了。我知道我一定会很喜欢西班牙底装束。"

两个人坐在一起，谈了许久。陈妈推门进来，正要告诉林宅已经催请过，蓦然看见他们在椅子上搂着亲嘴。在半惊慌半诧异意识中，她退出门外。加多怜把邸力里亚推开，叫："陈妈进来。有什么事？是不是林它来催请呢？"陈妈说："催请过两次了。"那邸先生随即站起来，拉着她底手说："明天再见罢。不再耽误你底美好的时间了。"她叫陈妈领他出门，自己到妆台前再匀匀粉，整理整理头面。一会儿陈妈进来说车已预备好，衣箱也放在车里了。加多怜对她说："你们以后该学学洋规矩才成。无论到那个房间，在开门以前，必得敲敲门，教进才进来。方才邸先生正和我行着洋礼，你闯进来，本来没多大关系，为什么又要缩回去？好在邸先生知道中国风俗，不见怪，不然，可就得罪客人了。"陈妈心里才明白外国风俗，亲嘴是一种礼节，她连回答了几声"唔，唔"，随即到下房去。

加多怜来到林宅，五六十位客人已经到齐了。市长和他底夫人走到跟前同她握手。她说："对不住，来迟了。"市长连说："不迟不迟，来得正是时候。"他们与她应酬几句，又去同别的客人周旋。席间也有很多她所认识的朋友，所以她谈笑自如很不寂寞。席散后，麻雀党员、扑克党员、白面党员等等，各从其类，各自消遣。但大部分的男女宾都到舞厅去。她底舞艺本是冠绝一城的，所以在场上的独舞与合舞都博得宾众底赞赏。

已经舞过很多次了。这回是市长和加多怜配舞。在进行时，市长极力赞美她身材底苗条和技术底纯熟。她越发播弄种种妩媚的

姿态，把那市长底心绪搅得纷乱。这次完毕，接着又是她底独舞。市长目送着她进更衣室，静悄悄地等着她出来。众宾又舞过一回，不一会，灯光全都熄了，她底步伐随着音乐慢慢地踏入场中。她头上底纱巾和身上底纱衣满都是萤火所发出的光，身体底全部在磷光闪烁中断续地透露出来。头面四周更是明亮，直如圆光一样。这动物质的衣裳比起其余的舞衣直像寒冰狱里底鬼皮与天宫底霓裳的相差。舞罢，市长问她这件舞衣底做法。她说用萤火缝在薄纱里，在黑暗中不用反射灯能够自己放出光明来。市长赞她聪明，说会场中一定有许多人不知道，也许有人会想着天衣也不过如此。

她更衣以后，同市长到小客厅去休息。在谈话间，市长便问她说："听说您不想回南方了，是不是？"她回答说："不错，我有这样打算；不过我得替朴君在这里找一点事做才成。不然，他必不让我一个人在这里住着，如果他不能找着事情，我就想自己去考考文官，希望能考取了，派到这里来。"市长笑着说："像您这样漂亮，还用考什么文官武官呢！您只告诉我您愿意做什么官，我明儿就下委札。"她说："不好罢？我也不知道我能做什么官。您若肯提拔，就请派朴君一点小差事，那就感激不尽了。"市长说："您底先生我没见过，不便造次。依我看来，您自己做做官，岂不更抖吗？官有什么叫做会做不会做！您若肯做就能做。回头我到公事房看看有什么缺，马上就把您补上好啦。若是目前没有缺，我就给您一个秘书的名义。"她摇头，笑着说："当秘书，可不敢奉命。女的当人家底秘书都要给人说闲话的。"市长说："那倒没有关系，不过有点屈才而已。当然我得把比较重要的事情来叨劳。"

舞会到夜阑才散。加多怜得着市长应许给官做，回家以后，还在卧房里独自跳跃着。

从前老辈们每笑后生小子所学非用，到近年来，学也可以不必，简直就是不学有所用。市长在舞会所许加多怜的事已经实现了。她已做了好几个月的特税局帮办，每月除到局支几百元薪水以外，其余的时间都是她自己的。督办是市长自己兼。实际办事的是局里底主任先生们。她也安置了李妈底丈夫李富在局里，为的是有事可以关照一下。每日里她只往来于饭店、舞场和显官豪绅底家庭间，无忧虑地过着太平日子。平常她起床的时间总在中午左右，午饭总要到下午三四点，饭后便出门应酬，到上午三四点才回家。若是与邸力里亚有约会或朋友们来家里玩，她就不出门，也起得早一点。

在东北事件发生后一个月的一天早晨，李妈在厨房为她底主人预备床头点心，陈妈把客厅归着好，也到厨房来找东西吃。她见李妈在那里忙着，便问："现在才十点多，太太就醒啦？"李妈说："快了罢，今天中午有饭局，十二点得出门。不是不许叫'太太'吗？你真没记性！"陈妈说："是呀，太太做了官，当然不能再叫'太太'了。可是叫她做'老爷'，也不合适，回头老爷来到，又该怎样呢？一定得叫'内老爷'、'外老爷'才能够分别出来。"李妈说："那也不对，她不是说管她叫'先生'或是帮办么？"陈妈在灶头拿起一块烤面包抹抹果酱就坐在一边吃。她接着说："不错，可是昨天你们李富从局里来，问'先生在家不在'？我一时也拐不过弯来；后来他说太太，我才想起来。你说现在的新鲜事可乐不可乐？"李妈说："这不算什么，还有更可乐的啦。"陈妈说："可不是！那'行洋礼'的事。他们一天到晚就行着这洋礼。"她嘻笑了一阵，又说："昨晚那邸先生闹到三点才走。送出院子，又是一回洋礼，还接着'达灵'、'达灵'叫了一阵。我说李姐，你想他们是怎么一回事？"李妈说："谁知道？听说外国就是这样乱，不是两口子的男女搂在一起也没关系。昨儿她还同邸先生一起在池子里洗澡咧。"陈妈说："提起那池子来了。三天换一次水，水钱二百块，你说是不是，洗的是银子不是水？"李妈说："反正有钱的人看钱就不当钱，又不用自己卖力气，衙门和银行里每月把钱交到手，爱怎花就怎花。像前几个月那套纱衣裳，在四郊收买了

一千多只火虫，花了一百多。听说那套料子就是六百，工钱又是二百。第二天要我把那些火虫一只一只从小口袋里摘出来。光那条头纱就有五百多只，摘了一天还没摘完，真把我底胳臂累坏了。三天花二百块的水也好过花八九百块做一件衣服，穿一晚上就拆。这不但糟蹋钱并且造孽。你想，那一千多只火虫底命不是命吗？"陈妈说："不用提那个啦。今天过午，等她出门，咱们也下池子去试一试，好不好？"李妈说："你又来了，上次你偷穿她底衣服，险些闹出事来。现在你又忘了！我可不敢，那个神堂，不晓得还有没有神，若是有，咱们光着身子下去，怕亵渎了受责罚。"陈妈说："人家都不会出毛病，咱们还怕什么？"她站起来，顺手带了些吃的到自己屋里去了。

李妈把早点端到卧房，加多怜已经靠着床背，手拿一本杂志在那里翻着。她问李妈："有信没信？"李妈答应了一声"有"，随把盘子放在床上，问过要穿什么衣服以后便出去了。她从盘子里拿起信来，一封一封看过。其中有一封是朴君的，说他在年底要来。她看过以后，把信放下，并没显出喜悦的神气，皱着眉头，拿起面包来吃。

中午是市长请吃饭，座中只有宾主二人。饭后，市长领她到一间密室去。坐定后，市长便笑着说："今天请您来，是为商量一件事情。您如同意，我便往下说。"加多怜说："只要我底能力办得到，岂敢不与督办同意？"

市长说："我知道只要您愿意，就没有办不到的事。我给您说，现在局里存着一大宗缉获的私货和违禁品，价值在一百万以上。我觉得把它们都归了公，怪可惜的，不如想一个化公为私的方法，把它们弄一部分出来。若能到手，我留三十万，您留二十五万，局里底人员分二万，再提一万出来做参与这事的人们底应酬费。如果要这事办得没有痕迹，最好找一个外国人来认领。您不是认识一位领事馆的朋友吗？若是他肯帮忙，我们就在应酬费里提出四五千送他。您想这事可以办吗？"加多怜很踌躇，摇着头说："这宗款太大了，恐怕办得不妥，风声泄漏出去，您、我都要担干系。"市长大笑说："您到底是个新官僚！赚几十万算什么？别人从飞机、军舰、军用汽车装运烟土、白面，几千万、几百万就那么容易到手，从来也没曾听见有人质问过。我们赚一百几十万，岂不是小事吗！您请放心，有福大家享，有罪鄙人当。您待一会儿去找那位邸先生商量一下得啦。"她也没主意了，听市长所说，世间简直好像是没有不可做的事情。她站起来，笑着说："好罢，去试试看。"

　　加多怜来到邸力里亚这里，如此如彼地说了一遍。这邸先生对于她底要求从没拒绝过。但这次他要同她交换条件才肯办。他要求加多怜同他结婚，因为她在热恋的时候曾对他说过她与朴君离异了。加多怜说："时候还没到，我与他的关系还未完全脱离。此外，我还怕社会底批评。"他说："时候没到，时候没到，到什么时候才算呢？至于社会那有什么可怕的？社会很有力量，像一个勇士一样。可是这勇士是瞎的，只要你不走到他跟前，使他摩着你，他不看见你，也不会伤害你。我们离开中国就是了。我们有了这么些钱，随便到阿根廷住也好，到意大利住也好，就是到我底故乡巴悉罗那住也无不可。我们就这样办罢。我知道你一定要喜欢巴悉罗那的蔚蓝天空。那是没有一个地方能够比得上的。我们可以买一只游船，天天在地中海遨游，再没有比这事快乐的了。"

　　邸力里亚底话把加多怜说得心动了。她想着和朴君离婚倒是不难，不过这几个月的官做得实在有瘾；若是嫁给外国人，国籍便发生问题，以后能不能回来，更是一个疑问。她说："何必做夫妇呢？我们这样天天在一块玩，不比夫妇更强吗？一做了你底妻子，许多困难的问题都要发生出来。若是要到巴悉罗那去，等事情弄好了，就拿那笔款去花一两年也无妨。我也想到欧洲去玩玩。……"她正说着，小使进来说帮办宅里来电话，请帮办就回去，说老妈子

103

洗澡，给水淹坏了。加多怜立刻起身告辞。邸先生说："我跟你去罢，也许用得着我。"于是二人坐上汽车飞驶到家。

加多怜和邸先生一直来到游泳池边，陈妈和李妈已经被捞起来，一个没死，一个还躺着。她们本要试试水里底滋味，走到跳板上，看见水并不很深，陈妈好玩，把李妈推下去，那里知道跳板的弹性很强，同时又把她弹下去。李妈在水里翻了个身，冲到池边，一手把绳揪着，可是左臂已擦伤了。陈妈浮起来两三次，一沉到底。李妈大声嚷救命，园里的花匠听见，才赶紧进来，把她们捞起来。邸先生给陈妈施行人工呼吸法，好容易把她救活了。加多怜叫邸先生把她们送到医院去。

邸力里亚从医院回来，加多怜继续与他谈那件事情，他至终应许去找一个外商来承认那宗私货，并且发出一封领事馆底证明书。她随即用电话通知督办。督办在电话里一连对她说了许多夸奖的话，其喜欢可知。

两三个月的国难期间，加多怜仍是无忧无虑能乐且乐地过她底生活。那笔大款她早已拿到手，那邸先生又催着她一同到巴悉罗那去。她到市长那里，偶然提起她要出洋的事，并且说明这是当时的一个条件。市长说："这事容易办，就请朴君代理您的事情，您要多久回任都可以。"加多怜说："很好，朴君过几天就可以到。我原先叫他过年二三月才来，但他说一定要在年底来。现在给他这差事，真是再好不过了。"

朴君到了。加多怜递给他一张委任状。她对丈夫说，政府派她到欧洲考查税务，急要动身，教他先代理帮办，等她回来再谋别的事情做。朴君是个老实人，太太怎么说，他就怎么答应，心里并且赞赏她底本领。

过几天，加多怜要动身了。她和邸力里亚同行，朴君当然不晓得他们关系，把他们送到上海候船，便赶快回来。刚一到家，陈妈底丈夫和李富都在那里等候着。陈妈底丈夫说他妻子自从出院以后，在家里病得不得劲，眼看不能再出来做事了，要求帮办赏一点医药费。李富因局里底人不肯分给他那笔款，教他问帮办要。这事迁延很久，加多怜也曾应许教那班人分些给他，但她没办妥就走了。朴君把原委问明，才知道他妻子自离开他以后的做官生活的大概情形。但她已走了，他即不便用书信去问她，又不愿意拿出钱来给他们。说了很久，不得要领，他们都恨恨地走了。

一星期后，特税局底大侵吞案被告发了。告发人便是李富和几个分不着款的局员。市长把事情都推在加多怜身上。把朴君请来，说了许多官话，又把上级机关底公文拿出来。朴君看得眼呆呆地，说不出半句话来。市长假装好意说："不要紧，我一定要办到不把阁下看管起来。这事情本不难办，外商来领那宗货物，也是有凭有据，最多也不过是办过失罪，只把尊寓交出来当做赔偿，变卖得多少便算多少，敷衍得过便算了事。我与尊夫人的交情很深，这事本可以不必推究，不过事情已经闹到上头，要不办也不成。我知道尊夫人一定也不在乎那所房子，她身边至少也有三十万呢。"

第二天，撤职查办的的公文送到，警察也到了。朴君气得把那张委任状撕得粉碎。他底神气直像发狂，要到游泳池投水，幸而那里已有警察，把他看住了。

房子被没收的时候，正是加多怜同邸力里亚离开中国的那天。她在敌人底炮火底下，和平日一样，无忧无虑地来到吴淞口。邸先生望着岸上的大火，对加多怜说："这正是我们避乱的机会。我看这仗一时是打不完的，过几年，我们再回来罢。"

（原载1931年《小说月报》第22卷11号）

春 桃

这年底夏天分外地热。街上底灯虽然亮了，胡同口那卖酸梅汤的还像唱梨花鼓的姑娘耍着他的铜碗。一个背着一大篓字纸的妇人从他面前走过，在破草帽底下虽看不清她底脸，当她与卖酸梅汤的打招呼时，却可以理会她有满口雪白的牙齿。她背上担负得很重，甚至不能把腰挺直，只如骆驼一样，庄严地一步一步踱到自己门口。

进门是个小院，妇人住的是塌剩下的两间厢房。院子一大部分是瓦砾。在她底门前种着一棚黄瓜，几行玉米。窗下还有十几棵晚香玉。几根朽坏的梁木横在瓜棚底下，大概是她家最高贵的坐处。她一到门前，屋里出来一个男子，忙帮着她卸下背上底重负。

"媳妇，今儿回来晚了。"

妇人望着他，像很诧异他底话。"什么意思？你想媳妇想疯

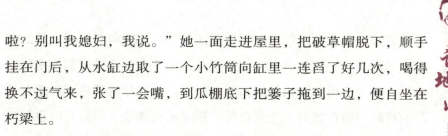

啦？别叫我媳妇，我说。"她一面走进屋里，把破草帽脱下，顺手挂在门后，从水缸边取了一个小竹筒向缸里一连舀了好几次，喝得换不过气来，张了一会嘴，到瓜棚底下把篓子拖到一边，便自坐在朽梁上。

那男子名叫刘向高。妇人底年纪也和他差不多，在三十左右，娘家也姓刘。除掉向高以外，没人知道她底名字叫做春桃。街坊叫她做捡烂纸的刘大姑，因为她底职业是整天在街头巷尾垃圾堆里讨生活，有时沿途嚷着"烂字纸换取灯儿"。一天到晚在烈日冷风里吃尘土，可是生来爱乾净，无论冬夏，每天回家，她总得净身洗脸。替她预备水的照例是向高。

向高是个乡间高小毕业生，四年前，乡里闹兵灾，全家逃散了，在道上遇见同是逃难的春桃，一同走了几百里，彼此又分开了。

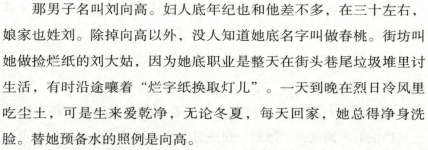

她随着人到北京来，因为总布胡同里一个西洋妇人要雇一个没混过事的乡下姑娘当"阿妈"，她便被荐去上工。主妇见她长得清秀，很喜爱她。她见主人老是吃牛肉，在馒头上涂牛油，喝茶还要加牛奶，来去鼓着一阵臊味，闻不惯。有一天，主人叫她带孩子到三贝子花园去，她理会主人家底气味有点像从虎狼栏里发出来的，心里越发难过，不到两个月，便辞了工。到平常人家去，乡下人不惯当差，又挨不得骂，上工不久，又不干了。在穷途上，她自己选了这捡烂纸换取灯儿的职业，一天的生活，勉强可以维持下去。

向高与春桃分别后的历史倒很简单，他到涿州去，找不着亲人，有一两个世交，听他说是逃难来的，都不很愿意留他住下，不得已又流到北京来。由别人底介绍，他认识胡同口那卖酸梅汤的老吴，老吴借他现在住的破院子住，说明有人来赁，他得另找地方，他没事做，只帮着老吴算算账，卖卖货。他白住房子白做活，只赚两顿吃。春桃底捡纸生活渐次发达了，原住的地方，人家不许她堆货，她便沿着德胜门墙根来找住。一敲门，正是认识的刘向高。她

不用经过许多手续，便向老吴赁下这房子，也留向高住下，帮她底忙。这都是三年前的事了。他认得几个字，在春桃捡来和换来的字纸里，也会抽出些少比较能卖钱的东西，如画片或某将军、某总长写的对联、信札之类。二人合作，事业更有进步。向高有时也教她认几个字，但没有什么功效，因为他自己认得的也不算多，解字就更难了。

他们同居这些年，生活状态，若不配说像鸳鸯，便说像一对小家雀罢。

言归正传。春桃进屋，向高已提着一桶水在她后面跟着走。他用快活的声调说："媳妇，快洗罢，我等饿了。今晚咱们吃点好的，烙葱花饼，赞成不赞成？若赞成，我就买葱酱去。"

"媳妇，媳妇，别这样叫，成不成？"春桃不耐烦地说。

"你答应我一声，明儿到天桥给你买一顶好帽子去。你不说帽子该换了么？"向高再要求。

"我不爱听。"

他知道妇人有点不高兴了，便转口问："到底吃什么？说呀！"

"你爱吃什么，做什么给你吃。买去罢。"

向高买了几根葱和一碗麻酱回来，放在明间底桌上。春桃擦过澡出来，手里拿着一张红贴子。

"这又是那一位王爷底龙凤帖！这次可别再给小市那老李了。托人拿到北京饭店去，可以多卖些钱。"

"那是咱们的，要不然，你就成了我底媳妇啦？教了你一两年的字，连自己底姓名都认不得！"

"谁认得这么些字？别媳妇媳妇的，我不爱听。这是谁写的？"

"我填的。早晨巡警来查户口，说这两天加紧戒严，那家有多少人，都得照实报。老吴教我们把咱们写成两口子，省得麻烦。巡警也说写同居人，一男一女，不妥当。我便把上次没卖掉的那分空帖子填上了。我填的是辛未年咱们办喜事。"

"什么？辛未年？辛未年我那儿认得你？你别捣乱啦。咱们没拜过天地，没喝过交杯酒，不算两口子。"

春桃有点不愿意，可还和平地说出来。她换了一条蓝布裤。上身是白的，脸上虽没脂粉，却呈露着天然的秀丽。若她肯嫁的话，按媒人底行情，说是二十三四的小寡妇，最少还可以值得一百八十的。

她笑着把那礼帖搓成一长条，说："别捣乱！什么龙凤贴？烙饼吃了罢。"她掀起炉盖把纸条放进火里，随即到桌边和面。

向高说："烧就烧罢，反正巡警已经记上咱们是两口子；若是官府查起来，我不会说龙凤帖在逃难时候丢掉的么？从今儿起，我可要叫你做媳妇了。老吴承认，巡警也承认，你不愿意，我也要叫。媳妇嗳！媳妇嗳！明天给你买帽子去，戒指我打不起。"

"你再这样叫，我可要恼了。"

"看来，你还想着那李茂。"向高底神气没像方才那么高兴。他自己说着，也不一定要春桃听见，但她已听见了。

"我想他？一夜夫妻，分散了四五年没信，可不是白想？"春桃这样说。她曾对向高说过她出阁那天底情形。花轿进了门，客人还没坐席，前头两个村子来人说，大队兵已经到了，四处拉人挖战壕，吓得大家都逃了，新夫妇也赶紧收拾东西，随着大众望西逃。同走了一天一宿。第二宿，前面连嚷几声"胡子来了，快躲罢"，那时大家只雇躲，谁也雇不了谁。到天亮时，不见了十几个人，连她丈夫李茂也在里头。她继续方才的话说："我只想他一定跟着胡子走了，也许早被人打死了。得啦，别提他啦。"

她把饼烙好了，端到桌上。向高向沙锅里舀了一碗黄瓜汤，大家没言语，吃了一顿。吃完，照例在瓜棚底下坐坐谈谈。一点点的

星光在瓜叶当中闪着。凉风把萤火送到棚上，像星掉下来一般。晚香玉也渐次散出香气来，压住四围底臭味。

"好香的晚香玉！"向高摘了一朵，插在春桃底鬓上。

"别糟蹋我底晚香玉。晚上戴花，又不是窑姐儿。"她取下来，闻了一闻，便放在朽梁上头。

"怎么今儿回来晚啦？"向高问。

"吓！今儿做了一批好买卖！我下午正要回家，经过后门，瞧见清道夫推着一大车烂纸。我见里面红的、黄的一大堆，便问他卖不卖；他说，你要，少算一点装去罢。你瞧！"她指着窗下那大篓，"我花了一块钱，买那一大篓！赔不赔，可不晓得，明儿检一检得啦。"

"宫里出来的东西没个错。我就怕学堂和洋行出来的东西，分量又重，气味又坏，值钱不值，一点也没准。"

"近年来，街上包东西都作兴用洋报纸。不晓得那里来的那么些看洋报纸的人。捡起来真是分量又重，又卖不出多少钱。"

"念洋书的人越多，谁都想看看洋报，将来好混混洋事。"

"他们混洋事，咱们捡洋字纸。"

"往后恐怕什么都要带上个洋字，拉车要拉洋车，赶驴要赶洋驴，也许还有洋骆驼要来。"向高把春桃逗得笑起来了。

"你先别说别人。若是给你有钱，你也想念洋书，娶个洋媳妇。"

"老天爷知道，我绝不会发财。发财也不会娶洋婆子。若是我有钱，回乡下买几亩田，咱们两个种去。"

春桃自从逃难以来，把丈夫丢了，听见乡下两字，总没有好感想。她说："你还想回去？恐怕田还没买，连钱带人都没有了。没饭吃，我也不回去。"

"我说回我们锦县乡下。"

"这年头，那一个乡下都是一样，不闹兵，便闹贼；不闹贼，便闹日本，谁敢回去？还是在这里捡捡烂纸罢。咱们现在只缺一个帮忙的人。若是多个人在家替你归着东西，你白天便可以出去摆地摊，省得货过别人手里，卖漏了。"

"我还得学三年徒弟才成，卖漏了，不怨别人，只怨自己不够眼光。这几个月来我可学了不少。邮票，那种值钱，那种不值，也差不多会瞧了。大人物底信札手笔，卖得出钱，卖不出钱，也有一点把握了。前几天在那堆字纸里检出一张康有为底字，你说今天我卖了多少？"他很高兴地伸出拇指和食指比仿着，"八毛钱！"

"说得是！若是每天在烂纸堆里能检出八毛钱就算顶不错，还用回乡下种田去？那不是自找罪受么？"春桃愉悦的声音就像春深的莺啼一样。她接着说："今天这堆准保有好的给你检。听说明天还有好些，那人教我一早到后门等他。这两天宫里底东西都赶着装箱，往南方运，库里许多烂纸都不要。我瞧见东华门外也有许多，一口袋一口袋陆续地扔出来。明儿你也打听去。"

说了许多话，不觉二更打过。她伸伸懒腰站起来说："今天累了，歇吧！"

向高跟着她进屋里。窗户下横着土炕，够两三人睡的。在微细的灯光底下，隐灼看见墙上一边贴着八仙打麻雀的谐画，一边是烟公司"还是他好"的广告画。春桃底模样，若脱去破帽子，不用说到瑞蚨祥或别的上海成衣店，只到天桥搜罗一身落伍的旗袍穿上，坐在任何草地，也与"还是他好"里那摩登女差不上下。因此，向高常对春桃说贴的是她底小照。

她上了炕，把衣服脱光了，顺手揪一张被单盖着，躺在一边。向高照例是给她按按背，捶捶腿。她每天的疲劳就是这样含着一点微笑，在小油灯底闪烁中，渐次得着苏息。在半睡的状态中，她喃喃地说："向哥，你也睡罢，别开夜工了，明天还要早起咧。"

妇人渐次发出一点微细的鼾声，向高便把灯灭了。

一破晓，男女二人又像打食老鸹，急飞出巢，各自办各底事情去。

刚放过午炮，十刹海底锣鼓已闹得喧天。春桃从后门出来，背着纸篓，向西不压桥这边来，在那临时市场底路口，忽然听见路边有人叫她："春桃，春桃！"

她底小名，就是向高一年之中也罕得这样叫唤她一声。自离开乡下以后，四五年来没人这样叫过她。

"春桃，春桃，你不认得我啦？"

她不由得回头一瞧，只见路边坐着一个叫化子。那乞怜的声音从他满长了胡子的嘴发出来。他站不起来，因为他两条腿已经折了。身上穿的一件灰色的破军衣，白铁纽扣都生了锈，肩膀从肩章底破缝露出，不伦不类的军帽斜戴在头上，帽章早已不见了。

春桃望着他一声也不响。

"春桃，我是李茂呀！"

她进前两步，那人底眼泪已带着灰土透入蓬乱的胡子里。她心跳得慌，半响说不出话来，至终说："茂哥，你在这里当叫化子啦？你两条腿怎么丢啦？"

"嗳，说来话长。你从多咱起在这里呢？你卖的是什么？"

"卖什么！我捡烂纸咧。……咱们回家再说罢。"

她雇了一辆洋车，把李茂扶上去，把篓子也放在车上，自己在后面推着。一直来到德胜门墙根，车夫帮着她把李茂扶下来。进了胡同口，老吴敲着小铜碗，一面问："刘大姑，今儿早回家，买卖好呀？"

"来了乡亲啦。"她应酬了一句。

李茂像只小狗熊，两只手按在地上，帮助两条断腿爬着。她从口袋里拿出钥匙，开了门，引着男子进去。她把向高底衣服取一身出来，像向高每天所做的，到井边打了两桶水倒在小澡盆里教男人洗澡。洗过以后，又倒一盆水给他洗脸。然后扶他上炕坐，自己在明间也洗一回。

"春桃，你这屋里收拾得很干净，一个人住吗？"

"还有一个伙计。"春桃不迟疑地回答他。

"做起买卖来啦？"

"不告诉你就是捡烂纸么？"

"捡烂纸？一天捡得出多钱？"

"先别盘问我，你先说你的罢。"

春桃把水泼掉，理着头发进屋里来，坐在李茂对面。

李茂开始说他底故事：

"春桃，唉，说不尽哟！我就说个大概罢。

"自从那晚上教胡子绑去以后，因为不见了你，我恨他们，夺了他们一杆枪，打死他们两个人，拼命地逃。逃到沈阳，正巧边防军招兵，我便应了招。在营里三年，老打听家里底消息，人来都说咱们村里都变成砖瓦地了。咱们底地契也不晓得现在落在谁手里。咱们逃出来时，偏忘了带着地契。因此这几年也没假回乡下瞧瞧。在营里告假，怕连几块钱的饷也告丢了。

"我安分当兵，指望月月关饷，至于运到升官，本不敢盼。也是我命里合该有事：去年年头，那团长忽然下一道命令，说，若团里底兵能瞄枪连中九次靶，每月要关双饷，还升差事。一团人没有一个中过四枪；中，还是不进红心。我可连发连中，不但中了九次红心，连剩下那一颗子弹，我也放了。我要显本领，背着脸，弯着腰，脑袋向地，枪从裤裆放过去，不偏不歪，正中红心。当时我心里多快活呢。那团长教把我带上去。我心里想着总要听几句褒奖的话。不料那畜生翻了脸，楞说我是胡子，要枪毙我！他说若不是胡子，枪法决不会那么准。我底排长、队长都替我求情，担保我不是坏人好容易不枪毙我了，可是把我底正兵革掉，连副兵也不许我当。他说，当军官的难免不得罪弟兄们，若是上前线督战，队里有

113

个像我瞄得那么准，从后面来一枪，虽然也算阵亡，可值不得死在仇人手里。大家没话说，只劝我离开军队，找别的营生去。

"我被革了不久，日本人便占了沈阳；听说那狗团长领着他底军队先投降去了。我听见这事，愤不过，想法子要去找那奴才。我加入义勇军，在海城附近打了几个月，一面打，一面退到关里。前个月在平谷东北边打，我去放哨，遇见敌人，伤了我两条腿。那时还能走，躲在一块大石底下，开枪打死他几个。我实在支持不住了，把枪扔掉，向田边底小道爬，等了一天、两天，还不见有红十字会或红卍字会底人来。伤口越肿越厉害，走不动又没吃的喝的，只躺在一边等死。后来可巧有一辆大车经过，赶车的把我扶了上去，送我到一个军医底帐幕。他们又不瞧，只把我扛上汽车，往后方医院送。已经伤了三天，大夫解开一瞧，说都烂了，非用锯不可。在院里住了一个多月，好是好了，就丢了两条腿。我想在此地举目无亲，乡下又回不去；就说回去得了，没有腿怎能种田？求医院收容我，给我一点事情做，大夫说医院管治不管留，也不管找事。此地又没有残废兵留养院，迫着我不得不出来讨饭，今天刚是第三天。这两天我常想着，若是这样下去，我可受不了，非上吊不可。"

春桃注神听他说，眼眶不晓得什么时候都湿了。她还是静默着。李茂用手抹抹额上底汗，也歇了一会。

"春桃，你这几年呢？这小小地方虽不如咱们乡下那么宽敞，看来你倒不十分苦。"

"谁不受苦？苦也得想法子活。在阎罗殿前，难道就瞧不见笑脸？这几年来，我就是干这捡烂纸换取灯的生活，还有一个姓刘的同我合伙。我们两人，可以说不分彼此，勉强能度过日子。"

"你和那姓刘的同住在这屋里？"

"是，我们同住在这炕上睡。"春桃一点也不迟疑，她好像早已有了成见。

"那么，你已经嫁给他？"

"不，同住就是。"

"那么，你现在还算是我底媳妇？"

"不，谁底媳妇，我都不是。"

李茂底夫权意识被激动了。他可想不出什么话来说。两眼注视着地上，当然他不是为看什么，只为有点不敢望着他底媳妇。至终他沈吟了一句："这样，人家会笑话我是个活王八。"

"王八？"妇人听了他底话，有点翻脸，但她底态度仍是很和平。她接着说："有钱有势的人才怕当王八。像你，谁认得？活不留名，死不留姓，王八不王八，有什么相干？现在，我是我自己，我做的事，决不会玷着你。"

"咱们到底还是两口子，常言道，一夜夫妻百日恩——"

"百日恩不百日恩我不知道。"春桃截住他底话，"自百日恩，也过了好十几个百日恩。四五年间，彼此不知下落；我想，你也想不到会在这里遇见我。我一个人在这里，得活，得人帮忙。我们同住了这些年，要说恩爱，自然是对你薄得多。今天我领你回来，是因为我爹同你爹的交情，我们还是乡亲。你若认我做媳妇，我不认你，打起官司，也未必是你赢。"

李茂掏掏他底裤带，好像要拿什么东西出来，但他底手忽然停住，眼睛望望春桃，至终把手缩回去撑着席子。

李茂没话，春桃哭。日影在这当中也静静地移了三四分。

"好罢，春桃，你做主。你瞧我已经残废了，就使你愿意跟我，我也养不活你。"李茂到底说出这英明的话。

"我不能因为你残废就不要你，不过我也舍不得丢了他。大家住着，谁也别想谁是养活着谁，好不好？"春桃也说了她心里底话。

李茂底肚子发出很微细的咕噜咕噜声音。

"噢，说了大半天，我还没问你要吃什么！你一定很饿了。"

"随便罢，有什么吃什么。我昨天晚上到现在还没吃，只喝水。"

"我买去。"春桃正踏出房门，向高从院外很高兴地进来，两人在瓜棚底下撞了个满怀。"高兴什么？今天怎样这早就回来？"

"今天做了一批好买卖！昨天你背回的那一篓，早晨我打开一看，里头有一包是明朝高丽王上底表章，一分至少可卖五十块钱。现在我们手里有十分！方才散了几分给行里，看看主儿出得多少，再发这几分。里头还有两张盖上端明殿御宝的纸，行家说是宋家的，一给价就是六十块，我没敢卖，怕卖漏了，先带回来给你开开眼。你瞧……"他说时，一面把手里底旧蓝布包袱打开，拿出表章和旧纸来。"这是端明殿御宝。"他指着纸上底印纹。

"若没有这个印，我真看不出有什么好处，洋宣比它还白咧。怎么官里管事的老爷们也和我一样不懂眼？"春桃虽然看了，却不晓得那纸底值钱处在那里。

"懂眼？若是他们懂眼，咱们还能换一块几毛么？"向高把纸接过去，仍旧和表章包在包袱里。他笑着对春桃说："我说，媳妇……"

春桃看了他一眼，说："告诉你别管我叫媳妇。"

向高没理会她，直说："可巧你也早回家。买卖想是不错。"

"早晨又买了像昨天那样的一篓。"

"你不说还有许多么？"

"都教他们送到晓市卖到乡下包落花生去了！"

"不要紧，反正咱们今天开了光，头一次做上三十块钱的买卖。我说，咱们难得下午都在家，回头咱们上十刹海逛逛，消消暑去，好不好？"

他进屋里，把包袱放在桌上。春桃也跟进来。她说："不成，今天来了人了。"说着掀开帘子，点头招向高，"你进去。"

向高进去，她也跟着。"这是我原先的男人。"她对向高说过这话，又把他介绍给李茂说，"这是我现在的伙计。"

两个男子，四只眼睛对着，若是他们眼球底距离相等，他们底视线就会平行地接连着。彼此都没话，连窗台上歇的两只苍蝇也不做声。这样又教日影静静地移一二分。

"贵姓？"向高明知道，还得照便地问。

彼此谈开了。

"我去买一点吃的。"春桃又向着向高说，"我想你也还没吃罢？烧饼成不成？"

"我吃过了。你在家，我买去罢。"

妇人把向高拖到炕上坐下，说："你在家陪客人谈话。"给了他一副笑脸，便自出去。

屋里现在剩下两个男人，在这样情况底下，若不能一见如故，便得打个你死我活。好在他们是前者的情形。但我们别想李茂是短了两条腿，不能打。我们得记住向高是拿过三五年笔杆的，用李茂底分量满可以把他压死。若是他有枪，更省事，一动指头，向高便得过奈何桥。

李茂告诉向高，春桃底父亲是个乡下财主，有一顷田。他自己底父亲就在他家做活和赶叫驴。因为他能瞄很准的枪，她父亲怕他当兵去，便把女儿许给他，为的是要他保护庄里底人们。这些话，是春桃没向他说过的。他又把方才春桃说的话再述一遍，渐次迫到他们二人切身的问题上头。

"你们夫妇团圆，我当然得走开。"向高在不愿意的情态底下说出这话。

"不，我已经离开她很久，现在并且残废了，养不活她，也是白搭。你们同住这些年，何必拆？我可以到残废院去。听说这里有，有人情便可进去。"

这给向高很大的诧异。他想，李茂虽然是个大兵，却料不到他有这样的侠气。他心里虽然愿意，嘴上还不得不让。这是礼仪底狡

117

猾，念过书的人们都懂得。

"那可没有这样的道理。"向高说："教我冒一个霸占人家妻子的罪名，我可不愿意。为你想，你也不愿意你妻子跟别人住。"

"我写一张休书给她，或写一张契给你，两样都成。"李茂微笑诚意地说。

"休？她没什么错，休不得。我不愿意丢她底脸。卖？我那儿有钱买？我底钱都是她的。"

"我不要钱。"

"那么，你要什么？"

"我什么都不要。"

"那又何必写卖契呢？"

"因为口讲无凭，日后反悔，倒不好了。咱们先小人，后君子。"

说到这里，春桃买了烧饼回来，她见二人谈得很投机，心下十分快乐。

"近来我常想着得多找一个人来帮忙，可巧茂哥来了。他不能走动，正好在家管管事，检检纸。你当跑外卖货。我还是当捡货的。咱们三人开公司。"春桃另有主意。

李茂让也不让，拿着烧饼望嘴送，像从饿鬼世界出来的一样，他没工夫说话了。

"两个男人，一个女人，开公司？本钱是你的？"向高发出不需要的疑问。

"你不愿意吗？"妇人问。

"不，不，不，我没有什么意思。"向高心里有话，可说不出来。

"我能做什么？整天坐在家里，干得了什么事？"李茂也有点不敢赞成。他理会向高底意思。

"你们都不用着急，我有主意。"

　　向高听了，伸出舌头舐舐嘴唇，还吞了一口唾沫。李茂依然吃着，他底眼睛可在望春桃，等着听她底主意。

　　捡烂纸大概是女性中心底一种事业。她心中已经派定李茂在家把旧邮票和纸烟盒里底画片检出来。那事情，只要有手有眼，便可以做。她合一合，若是天天有一百几十张卷烟画片可以从烂纸堆里检出来，李茂每月的伙食便有了门。邮票好的和罕见的，每天能检得两三个，也就不劣。外国烟卷在这城里，一天总销售一万包左右，纸包的百分之一给她捡回来，并不算难。至于向高还是让他检名人书札，或比较可以多卖钱的东西。他不用说已经是个行家，不必再受指导。她自己干那吃力的工作，除去下大雨以外，在狂风烈日底下，是一样地出去捡货。尤其是在天气不好的时候，她更要工作，因为同业们有些就不出去。

　　她从窗户望望太阳，知道还没到两点，便出到明间，把破草帽仍旧戴上，探头进房里对向高说："我还得去打听宫里还有东西出来没有。你在家招呼他。晚上回来，我们再商量。"

　　向高留她不住，便由她走了。

　　她几天的光阴都在静默中度过。但二男一女同睡一铺炕上定然不很顺心。多夫制底社会到底不能够流行得很广。其中的一个缘故是一般人还不能摆脱原始的夫权和父权思想。由这个，造成了风俗习惯和道德观念。老实说，在社会里，依赖人和掠夺人的，才会遵守所谓风俗习惯；至于依自己底能力而生活的人们，心目中并不很看重这些。像春桃，她既不是夫人，也不是小姐；她不会到外交大楼去赴跳舞会，也没有机会在隆重的典礼上当主角。她底行为，没人批评，也没人过问；纵然有，也没有切骨之痛。监督她的只有巡警，但巡警是很容易对付的。两个男人呢，向高诚然念过一点书，含糊地了解些圣人底道理，除掉些少名分底观念以外，他也和春桃一样。但他的生活从同居以后，完全靠着春桃。春桃底话，是从他耳朵进去的维他命，他得听，因为于他有利。春桃教他不要嫉妒，

他连嫉妒底种子也都毁掉。李茂呢，春桃和向高能容他住一天便住一天，他们若肯认他做亲戚，他便满足了。当兵的人照例要丢一两个妻子。但他底困难也是名分上的。

向高底嫉妒虽然没有，可是在此以外的种种不安，常往来于这两个男子当中。

暑气仍没减少，春桃和向高不是到汤山或北戴河去的人物。他们日间仍然得出去谋生活。李茂在家，对于这行事业可算刚上了道，他已能分别那一种是要送到万柳堂或天宁寺去做糙纸的，那一样要留起来的，还得等向高回来鉴定。

春桃回家，照例还是向高侍候她。那时已经很晚了，她在明间里闻见蚊烟底气味，便向着坐在瓜棚底下的向高说："咱们多会点过蚊烟，不留神，不把房子点着了才怪咧。"

向高还没回答，李茂便说："那不是熏蚊子，是熏秽气，我央刘大哥点的。我打算在外面地下睡。屋里太热，三人睡，实在不舒服。"

"我说，桌上这张红贴子又是谁底？"春桃拿起来看。

"我们今天说好了，你归刘大哥。那是我立给他的契。"声从屋里底炕上发出来。

"哦，你们商量着怎样处置我来！可是我不能由你们派。"她把红帖子拿进屋里，问李茂，"这是你底主意，还是他底？"

"是我们俩底主意。要不然，我难过，他也难过。"

"说来说去，还是那话。你们都别想着咱们是丈夫和媳妇，成不成？"

她把红帖子撕得粉碎，气有点粗。

写十几块钱做个彩头。白送媳妇给人，没出息。""你把我卖多少钱？"

"买媳妇，就有出息？"她出来对向高说，"你现在有钱，可以买媳妇了。若是给你阔一点……"

"别这样说，别这样说。"向高拦住她底话，"春桃，你不明白。这两天，同行底人们直笑话我。……"

"笑你什么？"

"笑我……"向高又说不出来。其实他没有很大的成见，春桃要怎办，十回有九回是遵从的。他自己也不明白这是什么力量。在她背后，他想着这样该做，那样得照他底意思办；可是一见了她，就像见了西太后似的，样样都要听她底懿旨。

"噢，你到底是念过两天书，怕人骂，怕人笑话。"

自古以来，真正统治民众的并不是圣人底教训，好像只是打人的鞭子和骂人的舌头。风俗习惯是靠着打骂维持的。但在春桃心里，像已持着"人打还打，人骂还骂"的态度。她不是个弱者，不打骂人，也不受人打骂。我们听她教训向高的话，便可以知道。

"若是人笑话你，你不会揍他？你露什么怯？咱们底事，谁也管不了。"

向高没话。

"以后不要再提这事罢。咱们三人就这样活下去，不好吗？"

一屋里都静了。吃过晚饭，向高和春桃仍是坐在瓜棚底下，只不像往日那么爱说话。连买卖经也不念了。

李茂叫春桃到屋里，劝她归给向高。他说男人底心，她不知道，谁也不愿意当王八；占人妻子，也不是好名誉。他从腰间拿出一张已经变成暗褐色的红纸帖，交给春桃，说："这是咱们底龙凤帖。那晚上逃出来的时候，我从神龛上取下来，揣在怀里。现在你可以拿去，就算咱们不是两口子。"

春桃接过那红帖子，一言不发，只注视着炕上破席。她不由自主地坐下，挨近那残废的人，说："茂哥，我不能要这个，你收回去罢。我还是你底媳妇。一夜夫妻百日恩，我不做缺德的事。今天看你走不动，不能干大活，我就不要你，我还能算人吗？"

她把红帖也放在炕上。

李茂听了她底话，心里很受感动。他低声对春桃说："我瞧你怪喜欢他的，你还是跟他过日子好。等有点钱，可以打发我回乡下，或送我到残废院去。"

"不瞒你说，"春桃底声音低下去，"这几年我和他就同两口子一样活着，样样顺心，事事如意；要他走，也怪舍不得。不如叫他进来商量，瞧他有什么主意。她向着窗户叫，"向哥，向哥！"可是一点回音也没有。出来一瞧，向哥已不在了。这是他第一次晚间出门。她愣一会，便向屋里说："我找他去。"

她料想向高不会到别的地方去。到胡同口，问问老吴。老吴说望大街那边去了。她到他常交易的地方去，都没找着。人很容易丢失，眼睛若见不到，就是渺渺茫茫无寻觅处。快到一点钟，她才懊丧地回家。

屋里底油灯已经灭了。

"你睡着啦？向哥回来没有？"她进屋里，掏出洋火，把灯点着，向炕上一望，只见李茂把自己挂在窗棂上，用的是他自己底裤带。她心里虽免不了存着女性底恐慌，但是还有胆量紧爬上去，把他解下来。幸而时间不久，用不着惊动别人，轻轻地抚揉着他，他渐次苏醒回来。

杀自己底身来成就别人是侠士底精神。若是李茂底两条腿还存在，他也不必出这样的手段。两三天以来，他总觉得自己没多少希望，倒不如毁灭自己，教春桃好好地活着。春桃于他虽没有爱，却很有义。她用许多话安慰他，一直到天亮。他睡着了，春桃下炕，见地上一些纸灰，还剩下没烧完的红纸。她认得是李茂曾给她的那张龙凤贴，直望着出神。

那天她没出门。晚上还陪李茂坐在炕上。

"你哭什么？"春桃见李茂热泪滚滚地滴下来，便这样问他。

"我对不起你。我来干什么？"

"没人怨你来。"

"现在他走了，我又短了两条腿。……"

"你别这样想。我想他会回来。"

"我盼望他会回来。"

又是一天过去了。春桃起来，到瓜棚摘了两条黄瓜做菜，草草地烙了一张大饼，端到屋里，两个人同吃。

她仍旧把破帽戴着，背上篓子。

"你今天不大高兴，别出去啦！"李茂隔着窗户对她说。

"坐在家里更闷得慌。"

她慢慢地踱出门。作活是她底天性，虽在沈闷的心境中，她也要干。中国女人好像只理会生活，而不理会爱情，生活底发展是她所注意的，爱情底发展只在盲闷的心境中沸动而已。自然，爱只是感觉，而生活是实质的，整天躺在锦帐里或坐在幽林中讲爱情，也是从皇后船或总统船运来的知识。春桃既不是弄潮儿底姊妹，也不是碧眼胡底学生，她不懂得，只会莫名其妙地纳闷。

一条胡同过了又是一条胡同。无量的尘土，无尽的道路，涌着这沈闷的妇人。她有时嚷"烂纸换洋取灯儿"，有时连路边一堆不用换的旧报纸，她都不捡。有时该给人两盒取灯，她却给了五盒。胡乱地过了一天，她便随着天上那班只会嚷嚷和抢吃的黑衣党慢慢地踱回家。仰仰头看见新贴上的户口照，写的户主是刘向高妻刘氏，使她心里更闷得厉害。

刚踏进院子，向高从屋里赶出来。

她瞪着眼，只说："你回来……"其余的话用眼泪连续下去。

"我不能离开你，我底事情都是你成全的。我知道你要我帮忙。我不能无情无义。"其实他这两天在道上漫散地走，不晓得要往那里去。走路的时候，直像脚上扣着一条很重的铁镣，那一面是扣在春桃手上一样。加以到处都遇见"还是他好"的广告，心情更受着不断的搅动，甚至饿了他也不知道。

"我已经同向哥说好了。他是户主，我是同居。"

向高照旧帮她卸下篓子。一面替她抹掉脸上底眼泪。他说："若是回到乡下，他是户主，我是同居。你是咱们底媳妇。"

她没有做声，直进屋里，脱下衣帽，行她每日的洗礼。

买卖经又开始在瓜棚底下念开了。他们商量把宫里那批字纸卖掉以后，向高便可以在市场里摆一个小摊，或者可以搬到一间大一点点的房子去住。

屋里，豆大的灯火，教从瓜棚飞进去的一只油葫芦扑灭了。李茂早已睡熟，因为银河已经低了。

"咱们也睡罢。"妇人说。

"你先躺去，一会我给你捶腿。"

"不用啦，今天我没走多少路。明儿早起，记得做那批买卖去，咱们有好几天不开张了。"

"方才我忘了拿给你。今天回家，见你还没回来，我特意到天桥去给你带一顶八成新的帽子回来。你瞧瞧！"他在暗里摸着那帽子，要递给她。

"现在那里瞧得见！明天我戴上就是。"

院子都静了，只剩下晚香玉底香还在空气中游荡。屋里微微地可以听见"媳妇"和"我不爱听，我不是你底媳妇"等对答。

（原载1934年《文学》3卷1号）

萤 灯

萤是一种小甲虫。它底尾巴会发出青色的冷光在夏夜底水边闪烁着，很可以启发人们底诗兴。它底别名和种类在中国典籍里很多，好象耀夜、景天、熠耀、丹良、丹鸟、夜光、照夜、宵烛、挟火、据火、焰燐、夜游女子、蚈焰等等都是。种类和名目虽然多，我们在说话时只叫它做萤就够了。萤底发光是由于尾部薄皮底下有许多细胞被无数小气管缠绕着。细胞里头含有一种可燃的物质，有些科学家怀疑它是一种油类，当空气通过气管的时候，因氧化作用便发出光耀。不过它到底成分是什么，和分泌底机关在那里，生物学家还没有考察出来，只知道那光与灯光不同，因为后者会发热，前者却是冷的。我们对于这种萤光，希望将来可以利用它。萤底脾气是不愿意与日月争光的。白天固然不发光，就是月明之夜，它也不大喜欢显出它底本领。

自然的萤光在中国或外国都被利用过。墨西哥海岸底居民从

前为防海贼底袭掠，夜间宁愿用萤火也不敢点灯。美洲劳动人民在夜里要通过森林，每每把许多萤虫绑在脚趾上。古巴底妇人在夜会时，常爱用萤来做装饰，或系在衣服上，或做成花样戴在头上。我国晋朝底车胤，因为家贫，买不起灯油，也利用过萤光来读书。古时好奇的人也曾做过一种口袋叫做聚萤囊，把许多萤虫装在囊中，当做玩赏用的灯。不但是人类，连小裁缝鸟也会逮捕萤虫，用湿泥黏住它底翅膀安在巢里，为的是教那囊状的垂巢在夜间有灯。至于扑萤来玩或做买卖的，到处都有。有些地方，像日本，还有萤虫批发所，一到夏天就分发到都市去卖。隋炀帝有一次在景华宫，夜里把好几斛的萤虫同时放出才去游山，萤光照得满山发出很美丽的幽光。

关于萤虫故事很多。北美洲人底传说中有些说太古时候有一个美少年住在森林里，因为失恋便化成一只大萤飞上天去，成为现在的北极星。我国从前都以为萤是腐草所变的。其实萤底幼虫是住在水边的，所以池塘底四围在夏夜里常有萤火点缀着。岸边底树影加上点点的微光，我们想想，是多么优美呢！

我们既经知道萤虫那样含有浓厚诗意，又是每年的夏夜在到处都可以看见的，现在让我说一段关于萤底故事罢。

从前西方有一个康国，人民富庶，土地膏腴，因而时常被较贫乏的邻国羝原所侵略。康国在位的常喜王只有一个儿子，名叫难胜，很勇敢强健，容貌也非常的美，远看着他站在殿上就像一根玉柱立着一样。有一次，羝原人又来侵犯边境，难胜太子便请求父王给他一支兵，由他领出都门去抵御寇敌。常喜王因为爱他太甚，舍不得教他上前敌，没有应许他。无奈难胜时刻地申请，常喜王就给他一个难题，说："若是你必要上前敌去的话，除非是不用油和蜡，也不用火把，能够把那座灯台点亮了才可以。这是要试验你底智力，因为战争是不能单靠勇力的。"

难胜随着父王所指的地方看去，只见大堂当中安着一座很大很大的灯台，一丈多高，周围满布着小灯，各色各样的玻璃罩子罩在各盏灯上，就是不点也觉得它很美丽。父王指着他看过之后，便垂着头到外殿去了。难胜走到灯台跟前，细细地观察它。原来那灯台是纯金打成的，台柱满镶上各样宝贝。因为受宝光底眩惑，使他不由得不用手去摩触那上头底各个宝饰。他触到一颗红宝的时候，忽然把柱上底一扇门打开了。这个使他很诧异，因为宫里底好东西太多了，那座灯台放在堂中从来也没人注意过，没人知道它底构造，甚至是在什么时代传下来的，连官里最老的太监都不知道。国王舍不得用它，怕把它弄脏了，所以只当做一种奇物陈设着。那台柱底直径有三尺左右，台座能容一个人躺下还有很宽裕的空间。它支持着一千盏灯，想来是世间最大的灯台。难胜踏进台柱里去，门一关，正好把自己藏在里头。他蹲下去，躺在台座里，仰望着各色的小园光从各种宝石透射进来，真是好看。他又理会座上铺着一层厚垫子，好像是预备给人睡的。他想这也许是宫里底一个临时避难所，外边有什么变故，国王尽可以避到这里头来。但是他父亲好像不知道有这个地方，不然，怎么一向没听见他说过，也没人见他开过这扇门？他胡思乱想了一阵，几乎忘了他父亲所要求于他的事情。过了一会，他才想回来，立刻站起，开了门，从原处跳出来。他把门关好，绕着灯台一面望，一面想着方才的问题。

几天之后，战争底消息越发不利了。难胜却还想不出一个不用油蜡等物而可以把那座灯台点起来的方法。可是他心里生出一个别的计划，他想万一敌人攻到都城附近，父王难免领兵出去迎战，假如不幸城被攻破，宫里底宝物一定会被掠夺尽的。他虽然能战，无奈一个兵也没有，无论如何，是不欣功；不如藏在灯台里头，若是那东西被搬到粃原去，他便可以找机会出来报复。他想定了，便把干粮、水，和一切牢应的用具及心爱的宝贝、兵器，都预先藏在灯台里头。

果然不出所料，强寇竟破了都城，常喜王也阵亡了。全城到处起火，号哭和屠杀的惨声已送到宫里。太子立刻教他底学伴慧思自

想方法逃避些时，他又告诉了他底计策。难胜看见慧思走了，自己才从容地踏进灯台去。不到一顿饭的工夫，敌兵已进入王宫，到处搜掠东西。一群兵上走到灯台跟前，个个认定是金的，都争着要动手击毁，以为人人可以平分一份。幸而主帅中来到，说："这灯台是要献给大王的，不许毁坏。"大家才不敢动手。他教十几个兵士守着，当天把它搬上火车，载回本国去。

"好美的灯台！"羝原国底王鸢眼看见元帅把战利品排在宝座前的时候这么说。他命人把它送到他最喜欢的玉华公主底寝室去。难胜躺在灯台里，听见这话，暗中叫屈，因为他原来是希望被放在国王底寝殿里，好乘机会杀了他的。但是他一声也不敢响，安然地被放在公主底房里。

公主进来，叫它女们都来看这新受赐的宝灯，人人看了都赞美一番。有一个宫女说："这灯台来得正好，过两个月，不是公主底生日吗？我们可以把它点起来，请大王和王后来赏玩。"

"这得用多少油呢？"另一个宫女这样问。她数着，忽然发觉了什么似地，嚷起来："你看！这灯台是假的！"大家以为她有什么发现，都注视着她。她却说："没有油盏，怎样点呢？"又一个说："就使有油盏，一千盏灯，得多少人来点？当下议论纷纷，毫无结果。玉华也被那上头底宝光眩惑住，不去注意点它的方法。

夜深了，玉华睡在床上，宫女们也歇息去了。难胜轻轻地从灯台跳出来，手里拿着一把刀，慢慢蹑到公主底床边。在稀微的灯光底下，看见她躺着，直像对着一片被月光照耀的银渚。她胸前底一高一低，直像沙头底微浪在寒光底下荡漾着。他看呆了，因为世间从来没有比对着这样一个美人更能动人心情的事。他没想着那是仇人底女儿，反而发生了恋慕的情怀。他把刀放下，从身上取出一个小金盒，打开，在灯光底下用小刀轻轻地刻了几个字："送给最可爱的公主。"刻完之后，合回去，轻微地放在公主底枕边。他不敢惊动公主，只守着她，到听见掌灯火的宫女底脚步声，才急忙地踏进灯台去。

第二天早晨，公主醒来，摩着枕边底小金盒，就非常惊异。对是她不敢声张，心里怀疑是什么天神鬼怪之类。晚烟又上来了，公主回到寝室去。到第二天早晨，她在枕边又得到一个很宝贵的戒指。这样一连好些日子，什么手镯、足钏、耳环、臂缠种种女子喜欢的装饰品都莫名其妙地从枕头边得着了，而且比她在大典大节时候所用的还要好得多。原来康国底风俗，男女底装饰品没有多大的分别；他所赠与的，都是他日常所用的。

公主倒好奇起来了，她立定主意要看看夜间那来送东西的人物。但是她常熟睡，候了好几夜都没看见。最后，她不告诉别人，自己用针把小指头刺伤，为的是教夜间因痛而睡不着。到夜静之后，果然看见灯台底中柱开了一扇门，从门里跳出一个美男子来。她像往时一样，睡在床上，两眼却微微地开着。那男子走近床边，正要把一颗明珠放在她枕边，她忽然坐起来，问："你是谁？"

难胜看见她起来，也不惊惶，从容地回答："我是你底俘虏。"

"你是灯台精罢？"

"我是人，是难胜太子。你呢？"

"我名叫玉华。"

公主也曾听人说过难胜太子底才干，一来心里早已羡慕，二来要探探究竟，于是下床把灯弄亮了，请他坐下。彼此相对着，便互相暗赞彼此底美丽。从此以后，每夜两人必聚谈些时，才各自睡去。从此以后，公主也命人每日多备些好吃的东西，放在房里。这样日子久了，就惹起宫女们底疑惑，她们想着公主底食粮忽然增加起来，而且据她说都是要在夜间睡了一会儿才起来吃的。不但如此，洗衣服的宫女也理会到常洗着奇怪的衣服，不是公主平日所穿的。她们大家都以为公主近来有点奇怪，大家都愿意轮流着伺察她在夜间的动静。

　　自从玉华与难胜亲热之后，公主便不许任何人在她睡后到她底卧室里，连掌灯的宫女也不教进去。她也不要灯光了。她住的宫廷是靠着一个池塘，在月明之夜，两人坐在窗边，看月光印在水里，玉簪和晚香玉底香气不时掠袭过来，更帮助了他们相爱底情。在众星历落的时分，就有无数的萤火像拿着灯的一群小仙人在树林中做闲逸的夜游。他俩每常从窗户跳出去，到水边坐下谈心。在幽好的夜间，彼此相对着，使他们感到天地间底一切都是属于他们的。

　　宫女们轮流侦察的结果，使宫中遍传公主着了邪魔。有些说听见公主在池边和男子谈话，有些说看见一个人影走近灯台就不见了。但是公主一点也不知道大家底议论，她还是每夜与难胜相会，虽然所谈的几乎是一样的话，可是在他们彼此听来，就像唱着一阕百听不厌的妙歌，虽然唱了再唱，听过再听，也不觉得是陈腐。

　　这事情教王后知道了，她怕公主被盘问不好意思，只教人把灯台移到大堂中间。公主很不愿意，但王后对她说："你底生日快到了，留着那珍贵的灯台不点做什么？"

　　"儿不愿意看见这灯台被弄脏了，除非妈妈能免掉用油蜡一类底东西，使全座灯台用过像没用一样，儿才愿意咧。"玉华公主这个意思当然是从难胜得着的。难胜父王把难题交给他，公主又同调地把它交给母后。可是她底母亲并不重视她底难题，只说："要灯台不脏还不容易吗？难道我们没有夜明珠？我到你父亲库里捡出一千颗出来放在灯盏上不就成了吗？""她于是教人到库里去要，可是真正的夜明珠是不容易得到，司宝库的官吏就给王后出一个主意，教她还是把工匠召来，做上一千盏灯，说明不许用油和蜡。工匠得了这个难题便到处请教人家，至终给他打听出一个方法。

　　他听见人说在北方很远的地方有个山坑，恒常地发出一种气体，那里底人不点油，不用蜡，只用那种气。他想这个很符合王后底要求，于是请求王后给他多些日子预备，把灯盏底大小量好，骑着千里马到那地方去。他看见当地底人们用猪膀胱来盛那种气体，便搜集了二千个，用好几天的工夫把它们充满了，才赶程回都城去。

在预备着灯盏的时候，玉华老守着那座灯。甚至晚上也铺上一张行床在旁边。王后不愿意太拂她的意思，只令一个侍女在她身边侍候。在侍女躺在床上的时候，她用一种安眠香轻轻地放在她鼻孔旁边，这样可以使她一觉睡到天明。玉华仍然可以和难胜在大堂底一个犄角珠幔底下密谈。

工匠回到都城，将每个猪膀胱都嵌在金球里，每个金球底上端露出一根小小的气管，远看直像一颗金橙子。管与球底连接处有个小掣可以拧动。那就是管制灯火大小的关键。好容易把一千个灯球做好了，把一千个猪膀胱装进去，其余一千个留着替换。

玉华底生日到了。王与后为她开了很大的宴会，当夜把灯台上的一千盏灯点着了。果然一点油脏和煤炭都没有，而且照得满庭光亮无比。正在歌舞得高兴的时候，台柱里忽然跳出一个人，吓得贵族们都各自躲藏起来。他们都以为是神怪出现。玉华也吓愣了。原来难胜在灯台里受不了一千盏灯火底热，迫得他要跳出来。国王底侍卫们没等他走到王跟前就把他逮起来。王在那里审问他，知道他是什么人以后，就把他送到牢里去。

玉华要上前去拦住，反被父王申斥了一顿，不由得大哭着往自己底寝室去了。

自从那晚上起，玉华老躺在床上，像害很重的病，什么都不进口。王后着急，鸢眼王也很心痛，因为她们只有这个爱女。王后劝王把难胜放出来与她结婚，鸢眼王为国仇底关系老不肯点头。他一面教把难胜刑罚得遍体受伤，把他监在城外一个暗洞；一面教宣令官布告全国寻找名医。这样的病，不说全国，就是全世界也少有人能够把他治好的。现在先要办的事是用方法教玉华吃东西，因为她底身体越来越荏弱了。御膳房所做的羹汤没有一样是她要吃的。王于是命令全国底人都试做一碗或一盆菜羹，如公主吃了那人所做的

东西，他就得受很宝贵的奖品，而且可以自己挑选。

我们记得当日难胜太子当国破家亡的时候，曾教他底学伴自己逃生。"这个学伴名叫慧思，也流落到羝原国底都城来。他是为着打听难胜下落来的，所以不敢有固定的职业，只是到处乞食，随地打听。宫里底变故他已听说过，所以他用尽方法去打听难胜监禁的地方。他从一个狱卒那里知道太子是被禁在城外一个暗洞里，便到那里去查勘。原来那是一个水洞，洞里底水有七八尺深，从洞口泅水进去，许久还不到尽头处，而且从来就没有人敢这样尝试过。洞里底黑暗简直不能形容，曾有人用小筏持火把进去，但走不到百尺，火就被洞里底风吹灭了。听说洞里那边是通天上的，如有人走到底，他便会成仙，可是一向也没有人成功过，甚至常见尸首漂流出来。很奇怪的是洞里底水老向洞口流出，从没见过水流进去。王教人把难胜幽禁在暗洞底深处，那里头有一个浮礁，可容四五人，历来犯重罪的人都被送到那上头去。犯人一到里头只好等死，无论如何，不能逃生。难胜在那洞里经过三天，睁着眼，什么都看不见，身上底伤痕因着冷气渐渐不觉得痛苦，可是他是没法逃脱的。离他躲的地方两三尺，四围都是水，所以他在那里只后悔不该与仇人底女儿做朋友，以至仇没报得，反被拘禁起来。

慧思知道太子在洞里，可没法拯救他。他想着惟有教玉华公主知道，好商量一个办法。他立意找个机会与公主见面，可巧鸢眼王征求调羹的命令发出来，于是他也预备一钵盂的菜汤送到王宫去。众守卫看见他穿得那么褴褛，用的是乞丐底钵盂，早就看不起他，比着剑要驱逐他。其中一个人说："看你这样贱相，配做菜给公主尝吗？一大帮的公子王孙用金盆、银盏来盛东西，她还看不上眼哪。快走罢，一会大王出来大家都不方便。"

"好老爷，让我把这点粗东西献给公主罢。我知道公主需要这样特异的风味。若是她肯尝，我必要将所得的一半报答你们。"

守卫的兵士商量了一会，便领他进宫里去。宫女们都掩着嘴

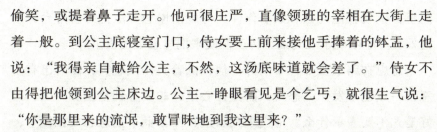

偷笑，或提着鼻子走开。他可很庄严，直像领班的宰相在大街上走着一般。到公主底寝室门口，侍女要上前来接他手捧着的钵盂，他说："我得亲自献给公主，不然，这汤底味道就会差了。"侍女不由得把他领到公主床边。公主一睁眼看见是个乞丐，就很生气说："你是那里来的流氓，敢冒昧地到我这里来？"

慧思说："公主，请不要凭外貌来评定人，我这钵盂菜汤除掉难胜太子尝过以外，谁也没尝过。公主请……"

他还没说完，玉华已被太子底名字吸住了。她急问："你认得难胜太子么？你是谁？"

他把手上戴着的一个戒指向着公主说："我是他底学伴。我手上戴的是他赠与我的。他有一对这样的戒指，我们两人分着戴。"

公主注视那戒指，果然和太子所给她的是一对东西。不由得坐起来，说："好，你把汤端来我尝尝。"

她一面喝，一面问慧思与太子底关系。那时侍女们都站得远远地，他们说什么都听不见，只看见公主起来喝着那乞丐底东西。有一个性急的宫女赶紧跑到王面前报告。王随即到公主寝室里来。

"你说！现在你想要求什么呢？"王问。

"求大王赐给我那陈列在大庭中间的金灯台。"

王一听见要那金灯台便注视看慧思，他问："那灯台于你有什么用呢？看你底样子，连房子都不会有一间的，那东西你拿去安排在那里？"。

慧思心里以为若要到黑洞里去找难胜，非得用那座灯台不可，因为它可以发出很大的光，而且每盏都有灯罩，不怕洞里底风把它吹灭了，但是鸢眼盘问之后，知道他也是难胜底人，不由得大怒，立刻命令侍卫来把他拖下去，也幽禁在那暗洞里。侍卫还没到之前，宫女忽然来报宰相在外庭有要事要见他。王于是径自出去了。

玉华教慧思到她底床前，安慰他。在宫里，无论如何他是不能逃脱的。他只告诉公主他要那座灯台的意思。公主知道难胜被幽在

洞里，也就教他先去和太子作伴，等她慢慢想方法把那座灯台弄出宫外去。刚刚说了几句话，侍卫们便来把慧思带出去了。

慧思在路上受尽许多侮辱。他只低着头任人耻笑，因自己有主意，一点也不发作，怒气只隐藏在心里，非要等到复国那一天，最好是先不要表示什么。他们来到水边，两个狱卒把慧思放在筏上，慢慢地撑进洞里。那两人是进去惯了的，他们知道撑几篙就可以到那浮礁。把慧思推上去之后，还从原筏泛出来。

慧思摩触难胜，对他说："我是慧思呀。"又告诉他怎样从公主那里来。难胜底创痕虽好了些，可是饿得动不得了，好在慧思临出宫庭的时候，公主暗自把一些吃的掖在他怀里。他就取出来，在黑暗中送到太子底嘴里。

洞里是永远的夜，他们两个不说话的时候，除去滴水和流水底声音以外，一点也听不见什么。他们不晓得经过多少时候，忽然看见远远有光射进来，不觉都坐在礁上观望。等到那光越来越近，才听见玉华喊叫难胜的声音。她踏上浮礁，与难胜相见。这时满洞都光亮得很，筏上底灯台印在水面，光度更加上一倍。

玉华公主开始说她怎样怂恿母后把灯台交给金匠去熔化掉，然后教一两个亲近的人去与那匠人说通了，用高价把它买回来，偷偷地运出城外去。有一个亲信的宫女底家就在那洞口底水边，就把那灯台暂时藏在那里。她底难题在要把灯台送进洞里去的时候发生了。小小的筏子绝不能载得起那么重的金灯台，而且灯球当着洞口底风也点不着。公主私自在夜间离开宫庭，帮着点灯，在太阳没出来以前又赶着回宫去。这样做了好些晚上，可是灯点着了，筏子又载不起，至终把灯球底气都点完了。到最后几盏，在将灭未灭的时候，忽然树林里飞来一大群萤火，有些不晓得怎样飞进灯罩里去，不能出来，在罩里射出闪闪烁烁的光辉。这个，激发了公主底心思，她想为什么不把萤火装在一千盏灯里头呢？她既有了主意，几个亲信立刻用纱缝了些网子到水边各处去捕获。不到两晚上，已经装满了一千盏灯。公主一面又想着怎样把灯台安在小筏上面。最后她决定用那一千个金球，连结起来，放在水面，然后把筏子压在球上头。这样做法，使筏子底浮力增加了好些倍，灯台于是被安置得上。一切都安排好了，公主和两个亲近的人就慢慢地撑进洞里去。幸而水流还不很急，灯台和人在筏子上也有相当的重量，所以进行得很顺利。洞里现在是充满了青光，一切都显得更美丽。好冒险的难胜太子提议暂时不出洞外，可以试试逆溯到洞底。大家因为听过传说，若能达到洞底，就可以到另一个天地，就可以成仙，所以暂时都不从危险方面着想；而且人多胆壮，都同意溯流而进。慧思底力量是很大的，只有他一个撑篙。那筏离开浮礁渐渐远了。一路上看见许多怪样的石头，有时筏上人物底影子射在洞壁上头，显得青一片，黑一片的。在走了好些水程之后，果然远远地看见前面一点微光好象北极星那么大。筏子再进前，那光丸越显得大了些。他们知道那是另外一个洞口。原来这洞是一条暗河，难胜许久没与强度的阳光接触，不由得晕眩了一会。至终他认识所在的四围好像是他从前曾在那里打过猎的地方。他对慧思说："这不是到了我们底国境吗？这不就是龙潭吗？你一定也认得这个地方。"慧思经过这样提醒，也就认得是本国底边境龙潭，一向没有人理会，那潭水还通着一条暗河。他说："可不是？我们可以立刻回到宫里去。"

康国自从常喜王阵亡了之后，就没人敢承继，因为大家都很尊敬难胜，知道他有一天终会回来，所以国政是由几个老臣摄行。鸢眼王底军队侵略进来之后，大队不久也自退出去了，只留下些小队伍守着都城。太子同慧思到村落里找村长。村长认得是小主，喜欢得很，立刻骑上马到都城去，告诉那班老臣，几个老臣赶到村里来迎接他们，相见之下，悲喜交集。"太子问了些国家大事，都说兵精粮足，可以报仇了，现在散布在都城外的各地，所等待的只是一位领兵底元帅。现在太子回来，什么都具备了。

慧思劝太子不要用兵一说："对于邻国是要和睦的。我们既有

了精强的兵力，本来可以复仇，但是这不会太伤玉华公主底心吗？不如把军队从刚才来的那个水洞送到那边去，再分一队把部城底敌兵围起来，若不投降便歼灭他们，我单人去见国王，要他与我们订盟，彼此不相侵略，从前的损失要他偿还；他若不答应我们再开仗也不迟。他们一定不会防到我们底兵会从那水洞泛出来的。胜算操在我们手里，我们为什么要多杀人呢？"

这话把与会的文武官员都说服了。难胜即日登了王位，老臣们分头调动军队，预备竹筏，又派慧思为使者骑着快马到羝原国去。

鸢眼王看见当日的乞丐忽然以使者底身份现在他座前，不由得生气，命人再把他送到黑洞里去。慧思心里只好笑。临行的时候对他说："大王不要太骄傲，我们底兵不久就会到你底城下来。"

兵士把他送进暗洞里象往时一样。但一到浮礁，早有难胜底哨兵站在那里。他们把送慧思来的兵士绑起来，一面用萤火底光做信号报告到帅府。不到三个时辰，大兵已进到水洞。个个兵士头上都顶着一盏萤灯，竹筏连结起来，简直成为一条很长的浮桥。暗洞里又充满了青光，在水面像凌乱的星星浮泛着。

大队出了洞口，立刻进到都城。鸢眼王真是惊讶难胜进兵的神速，却还不知道兵是从哪里来的。他恐慌了。群臣都劝他和平解决，于是遣派了最信任的宰相来到难胜军帐中与他议和。难胜只要求偿还历次侵略的损失，和将玉华许配给他。这条件很顺利地被接纳了。他们把玉华公主送回国去，择个吉日迎娶过来。

从此以后，那黑暗的水洞变成赏萤火的名胜，因为两国人民从此和好，个个都忆起那条水和水边底萤虫，都喜欢到那里去游玩。

难胜把那座金灯台仍然安置在宫廷中间。那是它永久的地方。它这回出国带着光荣回来，使人人尊仰。所以每到夏夜，难胜王必要命人把萤火装在一千个灯罩里，为的是纪念他和玉华王后底旧事。

（原载1941年7月香港《新儿童》）